°당신이라는 보통명사

당신이라는 보통명사

조소담 산문집

21세기북스

네가 말하는 모든 의미가 좋아

이렇게 이야기해준 사랑하는 당신에게

Contents _____

프롤로그__옛날 일기를 읽다가 느낀 것 8

° 1부

낭만이란 무엇인가 13 • 상견례 17 • 대청소 21 • 새벽에 깨다 23
치매 25 • 화초가 죽어가고 있다 29 • 청첩장 모임에 다녀오다 34
번아웃 37 • 고양이, 멀리 곁에 있어줘서 고마워 38 • 시답잖은 생활 41
이해할 수 없는 사람들 42 • 혼자 밥 먹는 것에 대하여 44
불면증 49 • 아버지 51

° 2부

팝콘꽃 : 2월 어느 날의 일기 55 • 사랑에 빠지는 순서 57
겨울에 사랑하기 63 • 중력이 너무 커서 나는 정말 어지러워 64
바짝 깎은 손톱 65 • 열대야 68 • 앵무새 70 • 변덕 71
헤어지는 중입니다 72 • 외로운 티 74 • 지배자 76 • 좋은 연애 77
고요하게 살고 싶다 : 다시 1월 어느 날의 기록 79

° 3부

당신이라는 보통명사 83 • 그때 우린 행복보다 불행을 원했다 84
인형의 권력 92 • 혼잣말 같은 연애 102 • 고슴도치의 사랑 111
나도 오랜 시간 잔잔히 누군가를 사랑하고 싶었지 119

° 4부

타자기에 손을 얹다 133 • 사랑이라는 단어 137 • 가을 냄새를 맡다 139
양갱과 소주 토닉 142 • 생리통 146 • 외출이 싫은 날들 151 • 샤워 154
명절 일기 156 • 애견기1 162 • 애견기2 165 • 장거리 달리기 168
외할아버지 댁 171 • 괜히 전화했나 174 • 자취인의 겨울 176

° 5부

일상적인 문장이 힘을 잃는다 181 • 덜 부끄러우려면 용기를 내야 해 183
아버지의 이력서 186 • 어린이날 188 • 학교에서 배운 것 191
오프라인 196 • 비행기 모드 198 • 페친 정리 200 • 친구의 사랑 203
상실에 대하여 209 • 목숨길 213 • 빈둥대는 삶에 대하여 215
지하철 2호선 221 • 9학기 대학생 225 • 종이접기 아저씨 227
오늘을 산다 232 • 오키나와에서 너에게 쓴 편지 233

옛날 일기를 읽다가
느낀 것

리트머스 종이가 될 때가 있었다. 슬픔에 온몸을 적시고
세상이 어떻게 변하는지를 관찰하는 그런 때가 있었다.
슬플 때 세상은 파랗고 어두웠다. 내딛는 걸음마다
땅이 얇은 얼음 조각처럼 부서지고 부서진 얼음 밑,
바닥이 보이지 않는 물속으로 추락하는 기분이었다.
물속에서 온몸으로 수압을 느끼며 꾸역꾸역 밀려들어오는
물을 다 마시는 것 같았다.
가만히 어둠 속에 웅크리고 있었던 긴 시간.

눈을 떴다 감았다 해도 달라지는 게 없는 것이 이상해서,
천천히 눈을 깜빡이며 밤을 샜다.
마음 따라 세상이 움직였다.
슬플 땐 강물이 우는 것처럼 출렁이는구나.
은행나무에서 떨어지는 잎들이 죽은 나비처럼
느껴지는구나. 외로움은 빈방에 켜놓은 불.
키가 큰 가로등 아래 기대 있는 시간.
엄마 가슴에 올린 빨간 아기 손을 보면 마음이 먹먹해졌다.

기쁜 날엔 갈대가 바람에 일그러지는 모양이 강아지 등
같다고 생각했다. 산책하는 사람들이 사랑스러웠다. 바람
소리가 풀피리 소리 같았다.
친구와 웃다 뱉은 번데기 안주를 보고 또 한참 웃음이 났다.
아이를 낳아도 좋겠다고 생각했고 부모의 손가락 하나를
잡고 따라 걷는 꼬마들이 귀여웠다.

그리고 어김없이 새벽이면 그런 일기를 썼다.
오늘 내게 물든 색은 무엇이었는지를 더듬어 기억했다.

그 색에 따라, 그 온도에 따라 내 세계에 바람이 불었고
햇빛이 비췄고 물이 쏟아졌다가 얼어붙었다고.

그렇게 썼다. 내 온몸을 물들이고 그날 하루가 어떻게
사라져갔는지를 기록했다.

°1부

낭만이란
무엇인가

나는 은근히 운명론자다. 세상엔 보이지 않는 '붉은 실'이
존재하고, 그것이 사람과 사람의 꽁무니를 엮는 것이 아닐까
생각한다. 그 실은 흔한 무명실 같은 것은 아니어서,
갈래갈래 찢어지기도 하고 얇아졌다가도 세월을 돌아 다시
두터워지기도 하는 것은 아닐까 상상한다. 운명의 실이
사람에게만 이어져 있을까. 당연히 그렇지 않을 것이다.
만약 그렇다면 인연의 우주라는 것이 너무 좁지 않나.

내게 특별히 편안한 장소
나에게만 좋은 풍경
내 손에 착 붙는 물건
내 마음에서 튀어나온 것 같은 문장
안 사고는 못 배길 선물 같은 것.

우리는 스치듯 겪더라도 인연을 만나면 그게 인연인 것을
안다. 인연을 만나면 한순간에 마음의 온도가 달라진다. 그
인연을 붙잡아 온몸을 열면 인연이 존재 안으로 흘러들어와
그 존재가 사는 공간의 온도를 바꾸고 공기를 바꾼다.

낭만이란,
그런 순간이 오기를 기다리고 기대하는 것이다.
그리고 그런 순간을 다시 되새김하는 것이다.

사진가는 그런 순간을 위해 한쪽 눈을 감고 렌즈를
들여다본다.
방랑자는 바람이 좋아서 길가에 눕고,

사람들은 사랑을 기다리며 창문을 연다.

번잡한 길에서 서로 시선을 던지고, 입술을 깨문다.

아저씨들은 대학가에 가서 막걸리를 마시고, 흘러나오는
노래와 함께 취한다.

정성스레 적은 편지를 봉하며 편지 봉투에 입을 맞추고,
10년 전의 약속을 기억하는 것.

가만히 손끝으로 누군가의 얼굴선을 만져보는 것.

멈추는 시간과 말할 수 없는 비밀이
낭만의 몸이다.

° 상견례

여의도에 갔다. 거리에 벚꽃이 피었다. 환하게 꽃비가 내릴
시기는 아직 아닌데도 다들 꽃구경을 나왔다. 나는 차
안에서 창밖으로, 셀카봉을 든 사람들의 대열을 지켜보았다.
스스로를 전시하는 인간의 행렬 같아.

차는 느리게 달렸다. 장소는 조용한 한식집이었다. 개량
한복을 입은 직원들이 길을 안내했다. 나는 또각또각
걸었다. 치마폭이 좁아 걷는 걸음이 어색했다.

"엄마, 대체 상견례에선 무슨 얘길 해?"

엄마는 어렸을 적 언니에 대해 말했다. 고집도 욕심도 많은
언니는 초등학교 때 다니고 싶은 학원을 일곱 군데나 적어
와서 엄마에게 떼를 썼단다. 엄마는 "안 돼, 딱 세 군데만
남겨"라고 잘라 말했다. 하루는 언니가 장난감을 사달라고
길바닥에 주저앉아 떼를 쓰자, 엄마는 버릇을 고치려고
언니를 버려두고 가버렸단다. 실은 가버린 게 아니었다.
골목 뒤에서 언니를 지켜봤단다. 엄마가 없어지자 언니는
울음을 그치고 가만히 앉아 있더란다. 그렇게 얼마간
기다리다 어느 순간 벌떡 일어나서 총총거리며 어디로
가더란다. 언니가 찾은 곳은 파출소였다. 그 초등학교 꼬마
아이는, 엄마를 찾고 있다고 의연하게 말했단다. 언니는
당돌한 꼬마였다.

언니, 남동생, 그리고 나. 우리 남매는 초등학교 교사인
엄마를 따라 등교하고 엄마랑 하교하는 유년 시절을 보냈다.
준비물을 깜빡하고 와도 걱정이 없었다. 엄마 교실은

우리에게 준비물 창고이자 간식 창고였다. 수업이 끝나면 엄마 교실에서 책을 읽었다. 엄마는 타닥타닥 키보드를 두드리며 일하고 커피를 끓였다. 엄마의 퇴근 시간이 가까워진 5시가 되면, 창으로 오렌지색 햇빛이 들어차고 교실의 모든 것에 그림자가 졌다.

엄마는 내 이야기도 했다.
"우리 작은딸은 교실 한쪽에서 책을 이렇게 읽다가 '엄마, 나여기 책 다 읽었는데 옆 반 가서 읽어도 돼?' 하고는 옆 반가서 책을 읽고, 그러다가 또 그 옆 반에 가서 '안녕하세요, 여기서 책 읽어도 돼요?' 하고는 했어요. 그렇게 열 반을 다돌아다녔어요."

내 하얀 블라우스가 더러워질까 봐 언니는 제 쪽에 있는 갈비를 덜어주었다. 엄마는 상견례에 오려고 미용실에 가서 드라이를 하고 아울렛에 가서 옷을 샀다. 나는 집 앞시장에서 하늘하늘한 블라우스를 샀다. 처음 입는 치마, 두번째 신는 구두. 나는 다리를 조금 절며 걸었다. 남동생은

새로 산 옷을 세탁해 다려 입었다. 서로를 걱정하고
애정하는 마음에서 자신이 할 수 있는 만큼 우리는 마음을
내었다. 조금씩 조심스러웠다.

"엄마 잘했어? 실수 안 했어?"
돌아오는 길에 엄마가 나와 남동생에게 물었다.
엄마가 빈자리인 아빠 몫까지 잘한 것 같냐고.
너희가 있어서 그래도 다행이라고, 언니랑 엄마 둘만 그
자리에 있었으면 얼마나 쓸쓸했을까, 라면서.
남동생은 조용히 "하루(우리 강아지)도 있잖아" 하고
대꾸했다. 귀여운 놈.

° 대청소

가구를 닦거나 책을 정리하다보면 으레 흔적을 발견한다.
먼지 구덩이 책장 한편에 무슨 글자들이 보였다. 하얗고
비뚜름하게 쓰여진 글씨.

'최선을 다하자.'

최선을 다하자, 라니.
언제 써놓은 거지?

요즘엔 다르게 생각한다.

'괜히 너무 최선을 다하진 말자.'

다시 먼지를 쓸었다.
나는 점점 더 내 편이 되어가고 있다.

웅크리고 자다가 팔이 저려 깼다.

밖이 푸르스름하게 밝아오고 있었다.

거실로 나가 냉장고에서 물을 꺼내는데

동생이 텅 빈 엄마 방에 웅크리고 있다가 후다닥 제 방으로

도망을 갔다.

쟤도 가끔 외롭겠지.

그냥 스치는 생각이었다.

2.0리터들이 제주 삼다수를 한 병 껴안고 소파에 앉았다.

물통이 시원하니 꺼안고 있기가 좋았다.

입을 깔때기마냥 벌리고 빈속으로 찬물을 졸졸 흘려 내렸다.

밖에 나가고 싶다.

지금 새벽인데.

도시에선 새가 찍찍댄다.

아파트 15층에선 바람 소리 새소리가 시끄럽다.

또 삐이이이 하고 이명이 들린다.

혹시 이건 병원에서 심장박동이 멈출 때 들리는 기계 소리인

건 아닐까.

이 새벽도 내 삶도 다 꿈인 건 아닐까.

시시하고 지루한 꿈.

그는 빈소에 있다. 오전에 그의 할머니가 돌아가셨다는
소식을 들었다. 나는 눈도 못 뜨고 누워 있던 차였고, 오늘
꾼 꿈에 대해 입을 떼려다 놀라 입을 다물었다. 그의
할머니는 요양원에 오래 계셨다. 목소리가 조금 떨렸지만
그는 침착했다. 몇 시간 뒤 그는 빈소로 가는 버스 안이라
했다.

그의 할머니 이야기를 들은 적이 있다. 할머니는 고집이 센

분이었다고. 가족들은 그 고집 때문에 할머니에게 살갑게
다가가지 못했다. 12년 전 할머니는 치매에 걸렸다. 6년
전부터는 거동이 힘들어졌고, 침대에서 오랜 시간을 보내게
되었다. 할머니의 기억이 한 시점에 멈춰 있는 동안
가족들은 각자 다른 시간을 걸었다. 시간이 흘러
고등학생이던 그는, 이제 어른이 되었다.

사회적 접촉이 많은 노인은 치매에 덜 걸린다는 뉴스를
봤다. 그는 씁쓸한 표정이었다.

좀 더 많은 이야기를 나눴더라면
할머니는 치매에 걸리지 않았을지도 몰라.

나는 딱 두 장의 사진을 봤다. 먼저 본 한 장은 그가
병원에서 할머니와 찍은 최근 사진이었다. 요양원 침대에
누워 환자복을 입고, 코에 호스를 끼신 모습이었다. 마른
팔다리, 하얗게 센 짧은 머리. 할머니의 눈동자를 찾기가
힘들었다. 작고 약한 분 같았다.

12년 전 사진을 보면, 할머니는 전혀 다른 사람 같았다. 검은 파마머리, 사진 한가운데 빛나는 눈동자. 긴장하신 듯, 별로 웃지는 않으셨다. 그 눈동자가 어느 순간 빛을 잃어버렸다는 사실이 가슴 아팠다.

자식이 부모를 보며 마음 아픈 순간은 부모가 약해지는 걸 느낄 때라고 했다. 나날이 쇠약해져가는 할머니를 보면서 가족들은 얼마나 가슴이 아팠을까. 할머니가 잃어가는 기억을 반복해 물을 때 그분의 자식들은 마음 한편이 외로웠을지도 모른다. 어머니를 부르고, 또 부르면서.

병상에서 외할아버지는 엄마한테 자꾸 물었다.
"막내야, 아무래도 치매인 거 같다. 요즘 통 기억이 나질 않아. 어쩌면 좋냐."

눈가에 주름 가득 눈물이 묻었다. 논산의 구석진 병원, 6인실이었다. 전립선 때문에 여러 번 고생하신 이력이

있었고, 이번도 재수술 때문에 입원하신 차였다. 할아버진
자꾸 죽겠다고 하셨다. 이모들은 외할아버지 옆에 앉았다.

"아부지, 우리 엄마 묘 이장한 게 언제여? 날짜 기억나요?"

외할아버지는 여전히 눈가가 촉촉한 채로 할머니 묘를
이장한 연도는 물론 날짜도 정확히 대시며, 그날의 세세한
추억까지 읊으셨다. 그 대답에 이모들은 아버지가 무슨
치매냐고, 우울하니 별소릴 다 하신다고 외할아버지를
안심시켰다. 울고 있던 외할아버지가 웃으셨다.

화초가
죽어가고 있다

온기 없는 방에 화분 하나. 여자가 퇴근길에 트럭에서 사 온
로즈메리가 있다.

어느 날 잎이 시들기 시작한 것을 발견했다.
햇볕을 쬐지 못한 뒤쪽 잎이 누렇게 떴다.
죽은 잎을 떼어내며 여자는 울고 싶은 마음이 들었다.
여자의 마음속 숲까지 황폐해진 기분이었다.

여자가 로즈메리를 사 온 날. 그날은 그냥 평소만큼 만사가 꼬이고 평소만큼 피곤한 날이었다. 새로 시작한 일은 고됐고, 바쁜 오전이 지나고 오후엔 어머니의 전화를 받았다. 어머니는 또 어깨가 아팠고, 말 안 듣는 자식인 여자가 마음에 들지 않았고, 인생을 후회했다.

어머니가 서 있는 길엔 너무 많은 깡통이 널려 있어서, 어머니는 또 성이 나 있었다. 어머니는 발끝에 차이는 불만들을 여자에게 차 넘겼다. 여자는 별로 할 말이 없었다.

버스에선 졸음을 간신히 버티고 버티다, 내리기 직전 정거장에서 잠이 들었다. 눈을 떠보니 집까지는 구만리. 택시를 타고 싶었지만 걸어야 했다. 피곤이 진액처럼 흘러나와 디딘 자리마다 거리를 적셨다.

그렇게 걷던 길 위에 서 있던 트럭에서 여자는 작은 로즈메리 화분을 샀다. 주황빛 가로등 아래서도 성성한 초록이 빛났다. 여자는 문득 그 초록을, 그 향을 꼭

사야겠다는 생각이 들었다. 여자는 주머니를 열어
반찬값으로, 그날 저녁 한 덩이의 생명을 안고 빈집으로
향했다.

화분이 든 봉지를 품에 안고 걸었다.

코밑에서 풍겨오는 향을 마시니 숲으로 도망을 온 것처럼
기분이 좋아졌다. 항상 비어 있던 방 안에 작은 존재가
놓였다. 은은한 향이 퍼지는 그 한 뼘의 공간이 여자 마음의
휴식처가 되었다. 8천 원으로 반찬을 사는 대신 화분 하나를
들여놓았다는 것이 스스로를 특별한 사람으로 생각하게
해주었다. 자신은 생활에 갇히지 않는 사람이란 생각.
이렇게 회색 공기를 마시며 눈뜨고, 회색 공기를 뱉으며
잠들어도, 마음속 한구석에 작은 숲이 있는 사람이라는
믿음. 로즈메리 화분은 한 뼘이 채 안 되었지만 여자 마음속
광활한 숲이 사라지지 않게 해주는 비밀이 되었다.

여자는 죽은 잎을 떼어내고 정성스레 물을 주면서

작은 방이어서 미안하다고
이곳은 숲이 아니라 미안하다고
햇볕이 들지 않아서
더 돌보지 않아서 미안하다고

그러니 다시 살아나라고
마음속으로 말을 걸었다.

° 청첩장 모임에
다녀오다

청첩장 모임에 다녀왔다. 오랜만에 본 얼굴도 많았고 모르는 얼굴도 있었다.

이제는 굳이 새로운 사람을 알기 위해 애쓰지 않는다. 누군가 내 이름을 제대로 기억하지 못해도 별로 개의치 않는다. 이런 게 나이 드는 걸까.

ㅈ선배는 나와 가까운 사이는 아니고, SNS로 소식 정도

전해 듣는 관계다. 나는 쩌렁쩌렁한 그의 목소리가 싫다.
항상 눈을 마주치지 않고 이야기하는 습관도 싫다. 사소한
것만 싫으면 좋으련만 싫은 사람은 꼭 미운 짓도 하기
마련이라, 선배는 상대방이 싫어할 만한 이야기부터 대화
주제로 꺼냈다. 넉살 좋게 웃으며 넘겼는데 몇 번이고
반복했다.

나도 가마니는 아니어서 빈정이 상했다. 영화를 보면 항상
동창회에 밉상 하나씩은 끼어 있던데, 어디서든 '눈치 없는
새끼' 하나는 지구 불변의 공동체 법칙일까. 나는 들고 있던
소맥잔을 내려놓고 '그만해, 새끼야'를 외치고 싶었다.
그렇지만 그 정도의 에너지는 없었고 멱살을 잡는 대신 대충
웃었다.

싫은 사람이 늘어갈수록 그 앞에서 웃는 척 상황을 무마하는
내 자신도 싫어진다. '사회생활'이라는 이름으로 걸치고
있는 거적때기. 나는 아량이 넓지도 않고, 나조차도 아직
받아들이지 못한 내 한계점을 누군가 굳이 짚어주는 게 그리

유쾌하지 않다.

속으로 그를 욕하고 돌아서니 내가 넉살 좋은 척 누군가에게
건넸던 '첫마디'들이 다시 떠올랐다.

얼마 전 동기를 만나는 자리가 있었다. 한 남자 동창과
오랜만에 재회했다. 그는 멀리서 봐도 알아볼 정도로 풍채가
늘어서 나는 "야, 너 살 좀 쪘다"라며 첫마디를 꺼냈다.
나중에 생각해보니 굳이 할 필요 없는 말을 인사랍시고
건넸다 싶어 자괴감이 들었다.

사소한 순간들이 따가울 때가 있다.
하지 않아도 좋았을 말을 했을 때가 그렇다.
괜찮은 척, 태연한 척, 넉살 좋은 척 했던 이야기들.
스스로를 싫어하게 된다.

° 번아웃

특별한 일은 아무것도 일어나지 않는다.

하루하루가 쉽게 흐른다.

너무 쉬워서 살아 있음을 제대로 느낄 수가 없다.

고양이,

멀리 곁에 있어줘서 고마워

늦은 귀갓길.

배가 고팠고, 이대로 어디든 떠났다 돌아올까 싶었지만

정상적으로 집에 가는 버스를 탔다.

정신을 놓고 있다가 또 집을 지나쳐버려서,

한 정거장을 걸어서 집으로 돌아왔다.

집으로 돌아오는 길엔 육교가 있다.

육교를 건널 때는 바람이 많이 불어서 참 좋았다.

'벗어났다'는 느낌이 잠깐 들었다. 즐거웠다.

집 앞에 와서 맥주를 한 캔 사고,

허구한 날 맥주로 배를 불리는 것 같아서

스파게티 면이랑 소스도 샀다.

캔 맥주를 손에 쥐니 차가운 감촉 덕에 기분이 좋아졌다.

결국 걷다가 맥주를 땄다.

놀이터에 앉았는데,

건너편 벤치 아래에 뭔가가

고양이가 있었다.

내 팔뚝 반만 한 덩치인 걸 보니 4, 5개월은 족히 넘은 놈인

듯했다.

마주한 벤치와 벤치 사이 거리를 두고

나는 고양이를 쳐다보고

고양이는 나를 쳐다봤다.

바닥에 엉덩이를 붙이고 앉더니 귀를 움찔거리며 날

응시했다.

나는 남은 맥주를 홀짝홀짝 마시다가

야옹거리기도 하고 쭙쭙거리기도 하면서 고양이를 불렀다.
고양이는 내 이상한 반응에 잠깐 흠칫하더니
다시 가만히 앉아 날 구경했다.
나도 그냥 맥주나 마시기로 했다.

오늘은 딱 저런 고양이가 필요한 날이었다. 적당한 거리에서
가만히 날 지켜봐주는 시선. 먹을 걸 안 줘도 옆에 있어주고
옆에 있어도 꼬리 치지 않으면서.

나는 몇 번 더 야옹거리다가 맥주 캔을 다 비우고 집으로
들어왔다. 고양이는 내가 캔을 찌그러뜨리는 것까지 가만히
보고 있다가 재빠르게 시소 쪽으로 달려가버렸다. 집에
들어오면서 생각해보니 그럭저럭 괜찮은 하루였다.

시답잖은
생활

지하철 문가에 서서 시답잖은 소설을 읽었다. 별것 없는 생활을 핀셋으로 파헤치는 그런 류의 묘사가 가득한 소설이었다. 애완견이라든가 고급 빌라, 불륜, 질투, 쿨한 이별 따위를, 그것도 참 진부한 방식으로 늘어놓는 소설. 책 소개는 좋았다. 책 소개 쓴 사람이 책을 쓰지 그랬네.

° 이해할 수 없는
사람들

나는 오늘도 누구와도 똑같지 않은 하루를 살았다.
너도 아마 그럴 테니까
서로를 이해할 수 없음에
실망하거나 노여워할 필요는 없는 거다.

아마 우리는 평생토록 서로를 온전히 이해할 수 없을
것이다.
그 간극이 가끔은 마음을 외롭게 하지만,

내 외로움이 깊은 만큼

너도, 우리도 모두 깊게 외롭겠구나.

이런 생각이 들 때면,

이해할 수 없는 누군가를 더 사랑하고 싶다.

° 혼자 밥 먹는 것에
대하여

열여덟의 여름은 내게 좀 특별했다. 오기와 치기로 학교를
관두고, 스케줄러에 계획을 빽빽이 그려 넣었다. 독서실로
나 홀로 등교를 시작했던 그 여름.

느지막이 9시쯤 하루를 시작했다. 일어나면 가장 먼저
락앤락 통을 씻었다. 수저는 호일로 싸서 가방에 챙겼다.
김이랑 엄마가 사다놓은 반찬 몇 가지를 반찬통 칸칸이
담고나면 머리를 감고 나갈 채비를 했다. 그리고 아파트를

나서서 시장 입구를 지나, 독서실로 향했다. 한산한 낮 시간,
시장 골목을 걸으면 걸음걸음마다 덜그럭덜그럭
수저 소리가 났다.

독서실이 있던 시장의 상가 건물. 1층엔 토스트집이 있었고
지하엔 목욕탕이 있었다. 독서실은 3층부터였다.
엘리베이터를 타면 꼭 알아야 할 영숙어니 속담이니 하는
것들이 빳빳하게 코팅된 채로 사방에 붙어 있었다. 입구에서
출입 기록 카드를 찍었다. 지잉- 하는 소리와 함께 보라색
잉크로 출입 시간이 찍혀 나왔다. 슬리퍼로 갈아 신고
들어가는 로비에는 어항과 자판기가 있었다. 돌로 만든 작은
어항엔 꼬리가 예쁜 금붕어가 여러 마리. 그 옆엔
담배꽁초를 버리지 말아주세요, 금붕어를 괴롭히지
말아주세요, 하는 글귀가 적혀 있었다. 가끔 머리가 아플
때면 가만히 로비로 나와 물을 마시다가 어항의 수면을
손끝으로 튕겨보곤 했다. 그러면 금붕어들이 화들짝 놀라 돌
밑으로 숨었다.

독서실 안은 항상 어두웠다. 좁은 책상 위만 스포트라이트가
비추는 듯했고, 그 바람에 펼쳐놓은 책장이 하얀 빛을
반사해 눈이 부셨다. 가끔 전체 등을 켜놓으면 금세 누군가
다시 불을 끄고는 문 앞에 포스트잇을 붙여놓았다.

'자꾸 불 켜시는 분, 불 켜지 말아주세요.'

포스트잇을 보고나면 떼서 버리고 다시 책상에 앉았다.
조용한 독서실 안, 벽에 붙은 산소 공급기가 가끔 뽀글뽀글
물 뿜는 소리를 냈다. 파란 불이 빛나며 공기 방울이 생겼다.
그 소리를 듣고 있자면 왠지 내가 가라앉고 있는 듯한
기분이 들었다. 가장 어두운 심해로, 손전등 하나를 머리에
달고 가라앉는 잠수부. 그런 모습이 상상되었다.

책상엔 숫자가 커다랗게 표시되는 전자시계를 올려두었다.
삐빅 하고 전자음이 1시를 알리면 점심시간. 주섬주섬
도시락이랑 단어장을 챙겨서 휴게실로 갔다. 휴게실에는
벽을 따라 디근 자로 붙어 있는 탁자들이 있었고, 중앙에도

둥그런 탁자 세 개가 놓여 있었다. 점심에는 주로 중앙의
탁자에서 밥을 먹었다. 저녁때는 학생들이 많이 오기 때문에
벽을 보고 밥을 먹거나 애들로 붐비는 휴게실을 피해 밖에
나가서 토스트를 사 먹었다.

오후 시간에 밥때를 잘못 맞추면 임용고시를 준비하는 것
같은 어느 언니나, 누구 낯선 사람과 휴게실에서 마주치기도
했다. 그럴 땐 먼저 온 사람이 얼른 밥을 먹고 자리를
피해주는 게 최선이었다. 하지만 식사 시간이 딱 겹쳤을 땐
서로를 없는 사람인 것처럼 대해주었다. 그게 암묵적
룰이었다. '이 공간에 중요한 것은 아무것도 존재하지
않는다'는 듯이 무심한 얼굴을 해야 한다. 영단어를 적어둔
조그만 수첩만 뚫어져라 쳐다보며 밥알을 씹어 넘겼다. 내
세계는 여기이니 신경 쓰지 말아요. 밥이 턱턱 목에 걸려도
또 밥을 밀어 넣었다. 엄마랑 반찬 가게에 가는 날이면 가끔
엄마는 무슨 반찬이 가장 맛있었냐 물었지만 도무지 반찬이
무슨 맛이었는지 기억이 나질 않았다.

어느 저녁 공부를 끝내고 독서실 아줌마의 봉고차를 타고 집으로 갈 때, 내 빈 도시락 통에서 달그락달그락 수저 소리가 울렸다. 차 안의 고요를 깨뜨리는 그 소리에 애들은 고개를 돌려 주변을 살폈다. 나는 창피해서 가만히 가방을 안고 바깥만 봤다. 검은 창에 빗물이 맺히고 시장은 조용히 잠들어 있었다. 가로등 빛이 고슴도치처럼 가시를 뻗었다. 독서실 차에선 항상 시트 냄새가 났다. 나는 얼른 집에 도착하길 바라면서 수저가 달그락거리지 않게 더 꼭 가방을 껴안았다.

。 불면증

어릴 적엔 침대를 타고 여행을 할 수 있는 줄 알았다.
파자마를 입은 모험가가 만화에 나왔다. 나는 깡똥하게
머리를 깎아 소년 같다. 파자마를 입은 소년 네모처럼 나는
머리맡에 키를 놓아두고 꿈을 조종할 수 있을 것이라
믿었다.

머리 위를 자꾸 닳고 지나가는 소음.
일일 드라마는 자정에도 끝나지 않고

언제나 결혼과 돈과 가족은 일생일대의 화두.

발정 난 거리의 고양이가 울고 술에 젖은 포대 자루는
시끄럽게 걷는다.
빗방울이 창에 터지고
스마트폰 액정 위로 터지고 사라지는 ㅌㅈㄱㅅㄹㅈㄴ
자음과 모음.

° 아버지

당신은 넉넉한 사랑을 줄 줄 모르는 사람이었다.
나는 턱걸이 시험을 보는 것처럼 당신의 단단한 기준에
매달려야 했다.

안간힘을 쓰고 턱걸이 위로 고개를 올리면
그때서야 한 번,
만족스러운 미소를 지었다.
버둥거리면서

나이가 드는 만큼 허공이 짧아졌다.

팔다리가 길어지고나니 발끝에 톡 땅이 닿았다.

땅에 발이 닿자마자 나는 도망가는 것이 좋겠다고 생각했다.

당신이 있는 곳에서 더 더 먼 곳으로.

다리에 다리가 걸려 넘어질 때까지.

도망치는 나의 다리를 당신이 붙들었다.

당신은 그새 많이 늙었다.

내가 그토록 싫어하는 당신은

두 발로 선 늙은 개처럼 주름마다 눈물을 묻히고 나를

잡았다.

나는 생전 몰랐던 분노를 느꼈다.

당신의 인생이 공허한 건 내가 당신에게 잘하지 못해서가

아니다.

그늘의 나약함에 상처받을 나이는 한참이나 지났는데

자꾸 손에서 가면을 놓치고 얼굴이 운다.

。2부

팝콘꽃

: 2월 어느 날의 일기

시를 쓰듯이 하루를 산다.

너의 숨소리는 하나의 온전한 문장.

나는 네 숨을 헤아린다.

전자레인지의 광열 속에 들어간 것처럼

몸 안의 작은 알갱이들이 진동한다.

'몸이 뜨거워.'

노란 옥수수에서 터져 나오는 하얀 팝콘꽃처럼

어느 순간 톡. 톡톡.

터져버리는 나의 알갱이.

너는 나의 어디에 뿌리를 내렸니.

어디서부터 흘렀니.

너의 숨소리는 나에게 하나의 온전한 문장.

나는 그 의미를 유추한다.

이 세상에 그 숨소리와 비슷한 무언가가 있었나.

시처럼 말이 되지 못하고 빙글빙글 의미의 주위만 돈다.

사랑에 빠지는
순서

3일

마음이 두렵다. 내가 다 망치면 어떡해. 솔직한 내가 무섭다.

4일

연남동으로 향했다. 연어를 먹었다. 연남동 공원 거리는
어두워서 좋았다. 책 선물을 받고 너는 너무 떨린다고
이야기해주었다. 기뻤다. 많이 기뻐서 어쩔 줄 모르겠어서
얼른 집에 가야겠다고 생각했다.

5일

"우리가 무엇을 갖고 있는지가 중요한 것은 욕망의 세계다.
거기에서 우리는 너의 '있음'으로 나의 '없음'을 채울 수 있을
거라 믿고 격렬해지지만, 너의 '있음'이 마침내 없어지면
나는 이제는 다른 곳을 향해 떠나야 한다고 느낄 것이다.
반면, 우리가 무엇을 갖고 있지 않은지가 중요한 것이
사랑의 세계다. 나의 '없음'과 너의 '없음'이 서로를 알아볼
때, 우리 사이에는 격렬하지 않지만 무언가 고요하고 단호한
일이 일어난다. 함께 있을 때만 견뎌지는 결여가 있는데
없음은 더 이상 없어질 수 없으므로, 나는 너를 떠날 필요가
없을 것이다."

— 신형철(『정확한 사랑의 실험』, 마음산책, 2014)

7일

왜 마음이 동요하는가. 왜 종이배처럼 흔들리는가. 집에
오는 길, 정류장에서 딱 열 가지를 생각해보자 싶었다. 딱 열
가지만 생각하자 싶었는데 혼잣말을 하다보니 열이 넘었고

더 이상 셀 필요가 없었다. 망했네. 이건 사랑이다, 사랑이야.

7일 밤
나는 누군가에게 최후의 인간이고 싶은데, 그리고 나에게도
누군가가 최후의 인간일 수밖에 없다는, 그런 간절함이
있는데 그게 없는 사람을 만났을 때의 불안이란.

'너는 도망갈 데가 있지?'

언제부턴가 이런 얄궂은 질문이 떠올라 오히려 내가 자꾸
도망을 친다. 나는 도망갈 데가 없는데 너는 도망갈 데가
있을 것 같아서, 이런 내 불안과 한심함의 진폭을 누군가
알아차렸을 때 어떤 일이 벌어질지 두려워서.

언젠가의 그는 도망갔다.
한참을 나와 춤을 추다가
어느 날 '이제 가야겠다'는 눈치를 주더니
자신의 보호구역 내 원래 있었던 평화 속으로 도망가서

그렇게 잘 살고 있다.

나는 도망갈 데도 없어 한참을 울었는데, 격정이 날 휩쓸고
지나가면서 무릎이 다 깨졌는데, 너는 도망갔다. 지나서
보니 그가 불쌍했다.

8일 밤
말 걸지 말자. 나는 나 혼자 애타는 것이 너무나 싫다.
표현하지 못할 마음이면 버리는 것이 낫다. 눈을 돌리면
다른 그림이 보일 테니까 효과적으로 모른 척할 수 있을
것이다. 내가 어느 순간 온통 너만 생각하고 있다는 게. 아,
사춘기도 아니고.

9일 새벽
울고 싶다. 내가 너무 한심해서.

11일
담(淡). 맑을 담. 내 이름 한자의 뜻을 네가 물었다.

13일

좋아한다는 건 상대의 모든 걸 갖고 싶은 거래요.

사랑한다는 건 상대에게 모든 걸 주고 싶은 거구요.

이어폰을 나눠 끼고, A에게 물었다.

"너는 어떤 것 같아?"

A는 잠시 생각에 잠겼다.

"사랑한다는 말은 좋아한다는 말보다 더 힘이 센 거 같아.

말하고나면 그렇게 느껴."

"말의 주술적 힘 같은 거?"

"응. 말의 주술적 힘."

나는 좋아한다는 한마디 말 이후에 우리에게 일어난 일들을

생각했다.

내 일과의 빈틈마다 밀려왔다 밀려 나가는 잔물결 같은 것.

네가 말한 것들, 우리가 함께한 순간들이 반짝이며 발등을

적셨다. 나는 맨발로 따뜻한 모래 위를 걷던 어린 시절처럼

천진난만해졌다. 좋아한다는 말이 가진 주술적 힘. 나는 네가 들려준 노래에, 함께 본 그림에, 나눈 말과 말 사이 시 같은 것들에 그 감정의 조각이 있었음을 기억했다. 어쩌면 주술은 우리의 말 이전에 이미.

나는 네가 말하는 의미들이 너무 좋다.

° 겨울에
사랑하기

나를 사랑하냐고 묻는 것보다
나를 '오늘' 사랑하냐고 물을 때 더 벅찬 마음이다.
나는 나를 '오늘' 사랑한다고 대답하는 너를 사랑한다.

그 이상의 약속 없이
나를 그저 온전히 '오늘' 사랑한다고 말하는 네가
사랑스럽다.

° 중력이 너무 커서
나는 정말 어지러워

너는 구두코로 궤도를 그리며 춤을 추잖아. 우리는 엉덩이가
따뜻한 지하철 의자에 앉아 덜컹덜컹 선로를 탄다. 네
어둠이 나의 어둠에 기댄다. 파란 창에 햇빛이 비치니 마치
이곳이 수족관 같아. 네 그림자가 헤엄쳐 지나가면 나는
조용히 네 곁을 따라갈 거야. 따뜻하고 얕은 물을 헤엄치자.
소리는 줄어들고 숨이 방울방울 울린다. 물 먹은 귀. 네
숨소리가 방울방울 귓가에 울려.

° 바짝 깎은
손톱

젖었다. 사라진다.

바짝 깎은 손톱.

너는 나를 안는다.

만진다. 깊숙한 곳까지 바짝 깎은 손톱을 밀어 넣는다.

손끝이 닿는 곳에서 터져 나오는 신음.

꽃망울처럼 폭죽처럼 안에서 터져 나온다. 도저히 상상할 수
없는 불가능의 크기로.

집에 와서 침대에 누웠고

아직도 내 안에 네가 있는 것 같아서

내 속부터 뿌리가 자라는 것 같아서

견딜 수 없어 내 팔로 나를 감싸 안는 오후.

° 열대야

6월 초입,
밤까지도 낮의 열기가 가시지 않았고,
자려고 누운 자리가 땀으로 조금 젖었다.
멀뚱멀뚱 눈을 뜨고 어두운 방 안을 바라보았다.

방 안에 놓인 프린터며 선풍기며 하는 것들의 윤곽을 보고
있으니,
바닷속 깊이 자리한 배 안에 들어와 있는 느낌이다.

입을 벌려 소리 없이 뻐끔거려보았다.

물속에 잠긴 나.

푸른빛의 배경에 간간히 스며드는 바깥의 불빛.

그렇게 지나가는 빛 조각에 잠시간 환해지기도 하는 깊은
물속.

전하고 싶지만 입 밖으로 소리 내어 말하고 싶지는 않은
것을 뻐끔뻐끔 뱉어보았다.

어둠을 타고 방울방울 이 마음이 흘러가다,

자고 있는 네 꿈속에 스며들면 좋겠다.

앵무새는 구애할 때 가슴을 한껏 부풀린다는 이야기를
들었다.

한껏 나를 부풀리는 이유는 실제 내가 보잘것없어서가
아니라 내가 이 사람을 사랑하기 때문이라는 걸 알아야
한다. 그 사람이 아무것도 하지 않아도 내게 상처나
열등감을 주는 것은 내가 그를 사랑하는 것만큼 나를
사랑하지 못하기 때문이다.

° 변덕

누군가에게 빠지는 건 참 이상한 일이다. 좋아질 땐 별게 다 좋아지다가 싫어질 땐 모조리 싫어진다.

내가 너의 인생에서 두 번째라면 난 네가 필요 없다. 나는 겨우 두 번째가 되기 위해서 너에게 웃고, 마음을 주고, 내 하루의 여백을 너로 채운 것이 아니다.

기쁨보다 외로움이 더 크다면 사랑 따위 하고 싶지 않다.

° 헤어지는
중입니다

메시지를 보고 핸드폰을 내려놨다. 가까이 뒀던 걸 멀리에
내려놨다. 읽고 싶지 않다. 마음이 마음으로 느껴지는 것이
아니라 그냥 글자로서 눈으로, 생각으로 흘러들어올 뿐이다.
엄격히 말하면 둘 중 누구든 사과도 변명도 할 필요가 없는
일이다.

둘 사이에 생긴 틈에 단어 단어가 쌓이고, 점점 일은
난해해지고, 가깝고 싶었던 마음은 더 외로워진다. 말이

아니라 따뜻한 품이 필요한 것이다. 이해받고 싶은 것이
아니라 사랑받고 싶은 것이다. 길에서 다친 작은 동물처럼
조심스레 안아줬으면 하는 마음. 얼마나 초라하든, 얼마나
더럽든.

연인 사이에 섭섭한 건 사실 말도 안 되는 일들이고, 그럴 때
하는 말은 다 똥이다. 스스로도 안다. 근데 그 똥들을 다
주워 들고 낱낱이 파헤치는 상대방을 보고 있자면 억장이,
억장이 무너진다. 멍청한 새끼.

° 외로운 티

술자리를 망쳤다. 무지 먹었다. 스스로를 풀어놓고 싶어서
안달이 나 있었다. 그리고 그렇게 처먹고 헛소리를 하다가
집에 데려다준대서 한 남자와 버스에 탔다. 중간에
뛰어내려서 모르는 건물 화장실에서 한참 토했다. 집에 오는
길에 문자로 농담을 하고 전화로 애교를 부려 바짝 분위기를
말렸다.

다음 날 일어나서 깨질 듯한 머리를 붙잡고

생수를 콸콸 입속에 쏟아부었다.

아아, 나 외로운 티를 다 보이게 내고 다니는군.

나만 빼고 다들

나 외로운 거

알아차리고 있었겠지.

° 지배자

언제든 이 관계를 버릴 수 있다는 생각을 하면 스스로가
지배자처럼 느껴진다.
사실 버릴 수 있다는 것보다 지킬 수 있다는 것이 좀 더
소유나 지배의 개념에 가까울 것이다. 난 틀렸다. 난 자유를
글로 배웠고 관계를 떠날 수 있다는 걸 자유로 생각했다.

나의 사막에 나는 누구도 초대해선 안 된다.

° 좋은 연애

옛날 남자 친구의 메모를 보게 됐다. 후회되는 것이 많고,
사과를 하고 싶다는 이야기를 써놓았다. 연애 후의
자기반성은 언제나 제대로 사랑하지 못한 사람의 몫이다. 더
사랑한 사람이 더 상처받을 순 있지만 그 상처는 흉이
아니다.

좋은 사람과의 연애는 이별한 후에도 좋은 연애로 남았다.
연애에서 주고받는 상처는 서로 사랑이라는 이름 아래서

가장 약한 모습을 내보이기 때문에 생기는 것이다.

헤어짐 뒤의 후회는 사실 '왜 좀 더 나는 ~하지 못했을까'
하는 생각에서 오는 것 같다. 자신의 한계 때문에 사랑하는
사람을 보듬어주었으면 좋았을 순간을 놓친 것. 더 솔직할
수 없었던, 더 배려하지 못했던, 자기 마음을 잘 챙기는 데만
급급했던 자신을 돌아보는 것. 그런 후회의 과정 뒤에는 좀
더 상대방을 배려하고 내 한계를 견뎌내는 힘이 생긴다.
나에게 다시금 사과를 하고 싶다는 전 남자 친구의 글을
보니 이런 생각이 들었다.
'그래도 내가 이 사람과 한 연애가 이 사람을 성장하게
만드는 일이 되었나 보다.'
그렇다면 참 고마운 일이다. 별 소용은 없지만.

나도 누군가와의 이별에서 큰 상처를 주고 오랜 후 그에게
그 모든 고민의 과정과 사과를 전하고 싶은 마음을
가졌었다. 그래도 전하지 않았다. 전하지 않고 흉터로
남겨야 더 좋은 것도 있다.

고요하게 살고 싶다

: 다시 1월 어느 날의 기록

물속의 오필리아.

사과에도 흰 뼈가 있다. 나는 그 뼈를 허무함이라 생각했다.

말할수록 숨이 빠지는 풍선처럼 표정 어딘가가

쭈글쭈글해진다.

오리털 파카로 너는 나를 안았다.

"이제 춥지 않지?"

겨울마다 나는 새로운 파카에 안겼다. 돈가스가 식었다.

나는 항상 먹고 싶은 메뉴를 두 가지 다 먹을 수 있는
식탁에만 앉았다.

사랑이라는 건 대체 얼마나 일방적인 거니.

나는 내 안의 흰 뼈를 생각하고 그 뼈가 품은 씨와 그 씨가
자라 만들어내는 과육을, 달콤한 꿀이 흐르는 그 과육을
생각한다. 베어 먹고 하나를 또 베어 먹고, 집에 돌아오는 길.
너는 유령처럼 불쑥불쑥 골목에서 다정한 얼굴로 나타났다
사라지고.

나는 원래 마음이란 걸 가져본 적 없는 사람처럼 네 모습을
지나쳐간다.
너는 내게 흰 뼈까지 다 씹어 먹은 사과.

° 3부

당신이라는

보통명사

사랑에 빠진 기간엔 항상 생각했다. 내가 글로 적지 않는
날에도 나의 하루는 사라지지 않는다고. 내가 지쳐서
기억하지 못할 순간들까지도 당신이 기억해줄 테니까.
그렇게 '당신'이란 보통명사에 의존해온 기억들은 어느 날
한숨에 모두 사라졌다. 나는 나의 인생을 복원하지 못한다.
'당신'들에게 맡겨둔 어떤 순간들의 의미. 그렇지만 그
기억을 되돌려 받을 수 있는가. 기억의 조각들만 가지고,
사람들은 저마다의 길로 흩어진다.

° 그때 우린 행복보다
불행을 원했다

아무도 내게 사랑을 가르쳐준 적 없다. 정확히 말하자면
아무도 내게 섹스를 가르친 적 없다. 우리는 중요한
무언가를 인생에서 '배우는 것'이 아니라 '만난다.' 어떤
우연한 사건처럼, 지나가는 길에 치우지 않으면 더 나아갈
수 없는 방해물처럼 인생의 어느 순간에 공중에서 떨어지는.
인생에서 잊을 수 없는 여타 일들처럼 섹스도 그랬다.

발가벗고 다른 인간을 만난다는 건 대단한 일이다.

무방비하게 어떤 몸을 만나, 눈앞에 있는 그 살갗을 털을 냄새를 모양새를 손으로 코로 샅샅이 훑어 갖고 싶어 한다는 것은 정말이지 신기한 일이다. 발가벗고 있을 때 우리는 각자 다른 반경 몇 미터, 보호구역 설정을 가지고 있기 마련이다. 그 보호막을 뚫고 서로 한자리에 설 수 있다는 것, 아니 누울 수 있다는 것은 실로 모든 것을 내려놓은 것.

몸을 섞는 일의 희열. 그리고 아무리 격렬하게 물고 빨고 핥고, 방아깨비처럼 서로를 찧어대도 결국 '분리'될 수밖에 없는 두 존재의 허무함. 평생 채울 수도 없고, 채워지지도 않는 '결합'의 환상을 부추기기만 하고. 모텔에서는 왜 불안증이 도질까. 잠 못 들고 허무함만 배가되는 그런 반복적인 섹스의 순간들.

'그것', '그 짓', '야한 짓'

소녀였던 어느 날, 내 눈앞에 갑작스레 상자 하나가

떨어졌다. 그 선물 포장을 풀 때까지는 그것이 무슨 의미인지 도무지 알 수 없었다. 그게 무엇일지 실마리가 하나도 없었던 것은 아니다. 나도 그렇고, 너도 그렇고, 누구나 섹스로 태어난다. 탄생의 기원에 대해 단 한 번도 질문하지 않았을 리 없다. 그러나 아무도 제대로 가르쳐주지 않았지.

우리는 바비 인형의 옷을 벗기며 노는 유아기를 거쳐, 섹스라는 단어를 말하면 불에 데기라도 하는 양 쉬쉬하는 사춘기에 도달한다. 기껏해야 '그것', '그 짓', '야한 짓' 정도로 지칭하면서 마음속에 각기 다른 환상을 품는다.

내게 섹스에 대해 처음으로 힌트를 준 사람은 초등학교 2학년 때 가장 친했던 친구. 친구는 한 손으로 엄지와 검지를 모아 동그란 원을 만들고 다른 손으로 그 허공의 원을 쿡쿡 찔러대 관통하는 시늉을 했다. "우리 엄마가 아가는 이렇게 생긴대." 그 허공에서의 손짓이 첫 힌트였다.

친구네 집에서 친구네 엄마가 보는 주부 잡지를 즐겨 보던 때가 초등학교 3학년. 란제리룩이란 지금도 그렇지만, 한번 보기 시작하면 넋을 놓고 보게 된다. 사람이 가진 곡선은 묘하게 눈길을 끈다. 반짝반짝하고 아슬아슬한 무엇. 우리는 순전히 그것이 아름다워서 보았다. 그래도 누군가에게 그런 모습을 들켜선 안 된다고 생각했던 것 같다. 우리는 '그런 것', '이상한 것'에 대해 말을 꺼내는 일을 곧 수치심으로 학습했다. 야한 것은 나쁜 것이라고.

초등학교 5학년쯤 되면 성장 속도가 빠른 반 아이들이 으레 눈에 띄게 마련이다. 우리 학교는 수영 교육 모범학교였기에 수영도 못하는 애들을 물에 집어넣고 발버둥 치게 만드는 짓을 자주 했다. 교장의 지시였다. 나는 아직 생리 시작 전이었지만, 그 유치한 색색 수영 모자를 쓰고 내 몸을 제어할 수 없는 물속에서 허우적대고 싶지 않아서 생리 중이라고 뺑을 쳤다. 그렇게 수영장 한편에 열 명 남짓한 여자애들과 나란히 앉아 있었다. 수영장을 둘러보면 몇몇 애들의 몸에는 봉긋이 솟은 가슴 둔덕 위로 젖꼭지가 도드라졌다. 어린이 수영복을 입었으니 그 모양이 밖으로 다 드러나 보일밖에. 가슴 캡이 내장된 수영복이 필요해지면서, 우리는 '부끄러움'을 알았다.

남자애들은 야동을 보기 시작하고, 6학년 때부터는 거무튀튀한 수염도 돋아났다. 중학교에 입학하면서부터는 치마를 줄이지 말아야 하고, 틴트를 바르지 말아야 하며, 머리를 기르지 말아야 한다는 이야기를 들었다. 선생님은 하복에 비치는 브라 끈 색깔이 빨강이나 검정이면 안에 꼭 흰 나시를 받쳐 입으라고, 비치는 속옷 색깔이 흰색이 아니면 정숙하지 못하다고 눈치를 줬다. 나는 내가 누군가를 '꼬실 수 있는' 존재가 되었음을 깨달았다. 선을 넘지 말라는 어른들의 경고를 통해. 그 아슬아슬한 선 밖은, 내가 내디뎌보지 못한 어딘가였다.

그 선을 넘기 시작한 친구들도 있었다. 틴트를 바르고, 교복을 줄이고, 머리에 층을 내어 그 세계로 건너갔다. 친구는 남자애네 집이 비는 오후 시간에 애들과 놀러 가서

술을 마신다고 했다. 그때쯤 여자아이들은 무거운 비밀을
서로에게 하나씩 털어놓았다. 얼마 전에 자는데 사촌 오빠가
나를 만지더라. 사귀는 고등학교 오빠가 노래방에서 혀를 내
입에 넣더라. 두렵고, 또 궁금했다. 다른 사람의 혀는 물면
어떤 느낌일까. 큼직하게 썬 청포묵 같을까 아니면 젤리
같을까? 새삼 혀에서 나는 냄새를 맡아보고 겨드랑이를
살펴보고 털을 한 가닥씩 족집게로 뽑게 되던 날들.

여고에선 소설을 읽었다. 따뜻하길 원해서 산 뽁뽁이를
하나씩 터뜨리듯이 사실 그때 우린 행복보다 불행을 원했다.
비극과 사랑. 내 인생엔 그런 일이 일어나지 않았으므로,
나는 소설을 읽었다. 친구는 여자 친구와 다툰 이야기를,
메신저로 나눈 이야기를 우리에게 요모조모 점심시간마다
보고했고, 우리는 조금 지루한 감도 있었지만 매번 아주
심각한 일인 양 요란을 떨었다. 사랑에 파르르, 젖고 싶었다.
문제집은 너무 건조했다.

피노키오의 야한 코

고등학교 성교육 시간이 기억난다. 보건 선생님과 교생
선생님이 들어왔는데, 보건 선생님이야 이 외강내유, 소 떼
같은 여고생들을 상대하는 데 익숙했지만 대학교 4학년쯤
되었을 교생 선생님은 그렇지 않았다. 그날의 교육 내용은
콘돔 착용법이었다. 물론 여자끼리 할 때도 콘돔이
필요하다는 것은 알려주지 않았지만, 그런 건 교과서에
없어도 우리끼리 이미 다 알고 있었다. 그 교실에 페니스를
가진 사람이 없었으므로 피노키오의 코처럼 생긴 나무
모형을 이용했는데, 교생 선생님의 덜덜 떨리던 손이 지금도
생생하다. 우리는 바나나와 콘돔을 하나씩 받았다.
떨기는커녕 콘돔으로 풍선을 불었고, 바나나는 까먹었다.

'다 아는 소리나 하고 있네!'라고 으스대느라 그랬던 것
같기도 하고, 실제로 야한 짓을 딱히 해본 적이 없으니
당당했던 것 같기도 하다. 딱딱한 나무에 쫀쫀한 비닐을
씌운들 무엇이 야하겠나. 우리는 문고리만 붙잡고 살았기에

뾰족 튀어나온 페니스 나무 모형을 보고 부끄러워하는
선생님의 마음을 이해하지 못했다.

그리고 모든 일은 소녀가 소년을 만나는 그때 일어난다.
나는 그 나무 모형이 무엇을 뜻하는지 알게 되었다.
피노키오 코가 자라났다는 이야기만 들어도 부끄러워지던
날의 시작. 몇 가지 진실과, 몇 가지의 거짓으로 써
내려가겠다. 이것은 소녀였던 나의, 사랑의 기록이다.

° 인형의 권력

스무 살 무렵에 가장 좋아했던 영화는 〈조제, 호랑이 그리고
물고기들〉이었다. 이 이상하고 긴 제목의 첫 명사는 여자
주인공 이름이다. 조제는 걷지 못한다. 조제의 할머니는
걷지 못하는 조제를 가끔 유모차에 태우고 동네 마실을
나간다. 어느 날, 얄궂게도 유모차가 언덕배기에서
넘어지면서 조제는 츠네오를 만나게 된다. 도박장에서
아르바이트를 하는 이 평범한 남자는 조제와 사랑에 빠진다.

〈조제, 호랑이 그리고 물고기들〉. 이 영화 제목의 두 번째
명사 '호랑이'는 조제에겐 사랑에 관한 단어다. 츠네오를
사랑하게 됐을 때 조제는 츠네오에게 말한다. 호랑이를 보러
가자고. "세상에서 제일 무서운 걸 보고 싶었어. 좋아하는
남자가 생겼을 때. 그에게 안길 수 있으니까. 그런 사람이
나타나지 않는다면, 평생 진짜 호랑이를 볼 수 없다고
생각했어." 조제는 호랑이 우리 앞에서 츠네오의 팔에 꼬옥
안긴다.

사랑은 사그라들고 츠네오와 조제의 마지막 여행. 둘은 파란
바닷속처럼 꾸며진 호텔에서 하룻밤을 보낸다. 조개 모양의
침대. 엎드려서 잠든 츠네오를 옆에 두고 조제는 방의
천장을 바라본다. 천장엔 바닷속 분위기를 내는 물고기
조명이 흐른다. 조제는 츠네오가 자신을 더 이상 사랑하지
않는 것을 안다. 조제는 혼잣말로 이야기한다.

"네가 떠나고나면, 난 길 잃은 조개껍데기처럼 파도에
휩쓸려 데굴데굴 이리저리 떠돌겠지. 그래……, 하지만

그것도 나쁘진 않아."

"내가 살던 곳은 아주 깊은 바닷속이었어. 아주 깜깜하고
고요하지. 그 깊은 바닷속을 나온 건, 너랑 세상에서 제일
야한 섹스를 하기 위해서야."

나는 조제의 섹스를 기억한다. 아주 깜깜하고 고요한 깊은
바닷속에서 나온 그 한순간. 그리고 길 잃은 조개껍데기가
되어 다시 심연을 일상처럼 헤매는 것. 나의 첫 섹스는
조제와 츠네오의 섹스를 닮았다.

물고기들

나의 첫 섹스 상대는 같은 학원의 남자아이였다. 학원의
교실은 내겐 바둑판처럼 지겨웠다. 매일 같은 자리에 같은
흰 돌, 같은 검은 돌. 종이 울리면 다들 구부정하게 칠판과
필기 노트를 번갈아 보고, 다시 종이 울리면 엎드려 잠이

들었다. 그 아이는 항상 맨 뒷자리에 앉았다. 나는 졸음을 깨려고 교실 뒤에 가서 서 있었다. 그때 그 애를 눈여겨보게 됐다.

톡, 톡, 샤프심을 넣었다. 책을 비스듬히 세워놓고 그 애는 수업 내용과는 영 딴 내용을 굉장히 진지하게 보고 있었다. 모두가 칠판을 향해 구부정하게 몸을 구부린 것과는 반대로 그 애는 다리를 뻗대고 먼 곳의 풍경이라도 바라보듯 상체를 뒤로 젖히고 앉았다. 선생님이 농담을 하는 중에도 심각하게 근현대사 책에 밑줄을 그었다. 수업이 다 끝나도 혼자만 별세계에 있는 양 움직일 생각을 않았다. 대체 그런 모습의 어디에서 그 애를 좋아하기 시작한 건지 지금도 모를 일이지만, 그 모습만이 그곳에서 지겹지 않은 유일한 풍경이었다.

키스를 했다. 사는 아파트가 굴다리 하나를 건너에 두고 붙어 있었다. 집에 가는 길에 놀이터가 있었다. 벤치에 앉은 그 애는 나를 제 무릎에 앉히고 꼬무락대더니 입을 맞췄다.

간질간질한 느낌이었다. 나는 키스가 혀를 섞는 것인 줄은
알았다. 아는 언니가 학교 계단에서 한 시간 동안 키스를 한
얘기를 해준 적이 있었다. "키스하면 침 흘려." 언니는 침이
많이 흐르고, 조금 냄새가 나고, 물컹물컹하고 따뜻한
느낌이라고 말했다. 나는 눈을 뜰까 말까 고민하면서 언니의
말을 떠올렸다. '침은 안 흐르네.'

그 후로 그 애는 시도 때도 없이 키스를 했다. 굴다리를
건너다가도 키스를 시도하고, 산책로를 걷다가도, 학원을
나오다가도, 비상구에서도 키스를 했다. '잠깐! 지금은 키스
타임이야!'라는 신호라도 하나 만들어야 하나 싶었다. 그
애는 '빠르게', '어디서나', '강제로' 키스하는 것을 미덕으로
배워온 모양이었다. 그 덕에 나는 자주 입술이 텄다. 그 애는
주로 나를 무릎에 앉히거나 벽에 밀어두고 키스하는 걸
좋아했는데, 애타는 손길로 내 허리를 쓸어 올렸다. 옷이
말려 올라가면서 차가운 학원 복도의 벽에 등이 닿았다.
소름이 오소소 돋았다. 목덜미엔 따뜻한 숨이, 등 뒤엔
차가운 벽이. 가슴 위론 뜨거운 손이 단풍잎처럼 찍혔다.

나는 누군가 나를 사랑하고, 내 몸을 원한다는 것에 금세 도취되었다. 그 애는 누군가를 사랑할 수 있고, 누군가를 자신이 통제할 수 있다는 것에 도취해 있었다. 내가 어쩔 줄 몰라 하면 더 심하게 목에 얼굴을 묻었고, 치마를 들추고, 속옷을 벗겼다. 나는 '보여지는 나'에만 집중했다. 누군가의 갈망의 대상이 된다는 것은 느껴본 적 없는 원초적 즐거움이었다. 불편하거나 싫은 마음이 드는 날에도 보통은 그 어떤 요구도 거절하지 않았다. 내가 그 애를 거절하는 이유는 오로지 그 '거절'을 일종의 조련용 도구로 쓰기 위함이었다.

이것을 나는 '인형의 권력'이라고 이야기한다. 주체적으로 섹스할 수 있는 '인간'은 아니지만, 나는 사랑받는 '인형'으로서 그 애를 좌지우지했다. 섹스에 관한 것을 제외한 모든 감정싸움에서 내 성을 무기로 누군가를 노예처럼 부리고 내가 또 한편으로 노예가 되는 것. "오늘은 싫어"라고 말하면 그 애는 "너무나 너를 원해"라고 말하는

떼쟁이가 되었다. 선망의 대상이 되는 기쁨. 누군가를
'사랑'하는 게 아니라 '소유'하려들기 시작하면 이런 기쁨을
갈망하게 된다.

깜깜하고 고요한 바다

수능이 끝나고, 그 애와 내가 스무 살이 되던 겨울이었다. 그
애는 아버지와 단 둘이 살았다. 아버지가 집을 비운 때마다
나는 그 집을 찾아갔다. 어머니가 안 계신 지 오래였고,
아버지는 살림을 하지 않았다. 도마와 칼, 뒤집개 같은 것을
대충 봐도 사람 손길이 안 닿는 부엌이구나, 알 수 있었다.
나는 뒤집개를 깨끗이 씻고 그 애에게 밥을 해주었다.
그리고 그날 잤다. 거실 겸 안방에 놓인 매트리스에 그 애가
나를 눕혔다. 정성껏 물고 빨고 핥았다. 나는 그 애의 넉넉한
맨투맨 티셔츠 하나에 속옷만 입고 있었다. 그 애는 내
팬티를 다 벗기지도 않고 발목에 걸쳐두었다. 그 애가
허리를 조금씩 움직였다. 첫 번째는 찢어지듯 아팠고 두

번째는 조금 좋았고 세 번째부터는 내가 허리를 움직였다.

그날은 그 애 아버지가 집에 들어오지 않는 날이었다.
우리는 성공적인 첫 섹스를 마치고 누워 서로 살 냄새를
맡았다. 뜻밖에도 그 애는 그날 밤 두 번을 울었다. 처음에는
자기의 동정을 바친 사람이 사랑하는 '너라서' 너무
기쁘다며 울었다.

두 번째는 꿈결에. 나는 잠이 들었다가 우는 소리에 깼다.
그 애가 엄마를 부르면서 울고 있었다. 꿈결인 게 분명했다.
나는 얼결에 그 애를 안고 토닥였다. 어둠 속에서 그 애가
동그랗게 몸을 말고 내게로 기대왔다. 작은 조개처럼. 나는
등을 꼬옥 안아주었다. 더러운 부엌과 집에 오지 않는
아버지, 혼자 정돈해둔 옷가지, 습관처럼 켜놓은 티브이.

그때는 눈치채지 못했는데 지금 생각해보면 그렇다.
어설프고 따뜻한 밥상, 깊은 바닷속처럼 어두운 새벽에 손
뻗으면 닿는 온기. 나에게서 그 애는 그런 것들을 받은

것이다. 그게 그 애를 울렸다. 그 애는 울다 깨서 다시 나를 핥았다. 그 애에게 나는 간절한 무언가가 되어 있었다. 나는 그 애가 있었던 '깜깜하고 고요한 바다'를 엿봤다. 그 애가 데굴데굴 구르고 있었던 어느 심해. 우리는 바닷속을 나와 다시 세상에서 가장 야한 섹스를 했다.

나는 간절하게 그 애를 위로하는 '도구'로 쓰이고 싶었다. 도구가 되어도 상관없었다. 그리고 그 애에게 딱히 해줄 게 없어졌을 때 그 애를 버렸다. 겨울이 다 지나기 전의 일이었다.

° 혼잣말 같은

연애

조문 가던 날을 기억한다. 언니의 검은 원피스를 빌려 입고
고속버스를 탔다. 창에 기대서 핸드폰을 뚫어져라 봤다.
한참 연락이 없기에 그럴 만한 상황이겠거니 짐작했다.
네이버에 '조문 예절'을 검색했다. 절은 두 번 반. 오른손을
왼손 위에, 아니 여자는 왼손을 오른손 위에? 절을 하다
넘어지면 어떡하지. 양말에 구멍이 나 있으면 어떡하지.
나는 옆자리가 빈 버스 안에서 조용히 신발을 벗어 발바닥을
확인했다. 다행히 구멍은 없었다.

고속버스에서 내리고도 한참을 갔다. 택시가 잘 잡히지도 않는 동네였다. 한가로이 달리던 차 하나를 잡았다. 장례식장 이름을 말하니 기사는 대꾸도 없이 엑셀을 밟았다. 동네가 한산하다고 해야 할지, 덜 채워졌다고 해야 할지. 눈높이보다 높이 세운 건물이 한 채도 보이지 않았다. 장례식장 주변은 휑했다. 한 층짜리 건물에 주차장만 넓었다. 도로변에 놓인 그곳은 양옆으로 초라한 슈퍼와 구멍가게를 끼고 있었다. 누가 엎어놓고 떠난 마분지 박스 같았다. 바람에 덜덜 흔들릴 듯했다.

장례식장 입구엔 네온사인으로 상주와 고인의 이름, 배정된 호실이 번갈아 표시됐다. 야구 게임장에서 봤던 것과 비슷했다. 빨강에 초록 네온. 그 위에 A의 이름이 있었다. A를 처음 보고 나는 웃었던가, 울었던가. 울다가 눈물을 닦고 웃었던가. 그 애를 먼저 안아주었던 것만 기억이 난다. A는 울지 않았다. 애정 없는 친척의 상이라 말했다. A는 밧줄 둘린 이상한 모자에 토시를 하고 있었다. 본 적 없는 양복 차림에 몸에 맞지도 않는 커다란 셔츠가 어색했다.
나는 A를 때리며 좀 웃었다. A는 장례식장에서 급히 빌린
옷이라 했다.

나는 육개장 그릇을 나르지 못했다. 뭐라도 해야 한다는
생각에 주방에 갔다가 A의 어머니에게 혼쭐이 났다. 등
떠밀려 상에 앉아 편육을 먹었다. 내 생에 가장 맛없는
편육이었다. 얼굴도 모르는 이의 죽음에 출장을 와서는 누가
버린 재활용 가구처럼 가만 앉아 편육을 씹었다. 속으로
주말이 아깝다 생각했다. A는 나를 신경 썼다. 내 앞에 앉아
있어주었다. 그가 신경을 써주는 게 불편했지만 그러지 않는
편이 나은 건지도 알 수가 없었다.

달라는 걸 주고, 받고 싶은 걸 받고

A는 동아리에서 만났다. 나이는 같았지만 행동이 애 같았다.
자기가 먹고 싶은 메뉴가 있으면 그날 저녁은 그 메뉴를

먹으러 가야 했다. 내가 종이처럼 밥을 씹고 있어도 별 미안함 없이 계속 같은 식당을 데려갔다. 자기 욕망에 충실한 게 징그럽기도 했지만 대체로 그게 편했다. 내가 이기적으로 굴면 이기적이라고 나를 욕해줘서 편했다. 원하는 게 있으면 돌리지 않고 '떼를 쓰는 모습'이 편했다. 사랑에서 뭘 줘야 할지 고민하게 만드는 관계가 있고, 뭘 줘야 할지 분명한 관계가 있다. A는 후자였다. 나는 A를 적극적으로 사랑하지 않았기 때문에 뭘 달라고 할 때 주는 정도의 관심으로 A를 대했다. 달라는 걸 주고, 나는 받고 싶은 걸 받았다.

A와 있는 시간은 장례식에서 식은 편육을 먹는 것만큼 지루할 때가 많았다. 그는 나를 보고 자주 감탄했다.

"대단하다. 너는 정말 대단해."

이 말은 번역하자면 이랬다.
'대단하다. 너의 불행은 정말 대단해. 너는 어떻게 그

불행들을 뚫고 살아올 수 있었어? 나는 한 번도 너만큼 불행한 적이 없었는데. 네 불행이 참 매력적이야.'

A는 인생에서 겪은 고비라곤 수능밖에 없는 지루한 서사의 인간이었다. 세상에 대해 평론하고 싶은 것이라곤 맛집밖에 없는 인간. 이 가게 점원 태도가 어쩌네 저쩌네, 하며 아르바이트생의 인성을 운운하는 A를 볼 때면 속으로 그를 멸시했다. 사랑이 도취나 찬양이 아닐 수 있고, 어떤 욕구의 교환일 수 있다는 걸 A는 내게 가르쳐줬다. 내가 그를 멸시했던 것은 그를 잘 이해하기 때문이었다. 그리고 사랑할 수 있었던 이유는 그가 나를 잘 알기 때문이었다.

처음 A의 구애를 받던 때, 나는 A에게 이렇게 (돌려) 말했다.

"나는 너를 아직 충분히 알지 못해. 다른 사람을 만나면서 동시에 너를 만나보는 시간을 갖고 싶어."

이 말인즉슨, '나를 채우려면 10이 필요한데 너는 2 정도를

가진 사람이야. 그러면 나는 왜 너만을 사랑해야 해? (섹스가 포함된) 데이트나 하자.'

A는 혼란스러운 그대로 성질을 내었다.

"이기적인 년."

그러고는 내 제안대로 나를 만났다. 씩씩대며 되돌아와서는. A가 나를 욕하지 않았다면 나는 A를 만나지 않았을 것이다. 나는 욕망받이는 되지 않기로 결심한 시기를 지나고 있었다. 나는 상대방도 '추호도 남의 욕망만 받아줄 생각은 없는 인간'이길 바랐다. A는 적당한 상대였다.

인간이 온혈동물이 아니었다면 연애 같은 건

사랑이라는 단어로 퉁치기엔 관계의 스펙트럼이 무수하다. 사랑을 신격화할 생각은 없다. 사랑은 말과 몸이 머물렀다

비어가는 그 모든 자리다. 그러니까, 달팽이 진액처럼
알맹이가 지나가고 찐득하게 남은 '빈자리' 또한 사랑이다.
징그럽게도 말이야. 말이 빈 순간마다 A는 몸을 채웠다.
내가 비어 있지 않도록 그는 계속 살을 맞대었다. 함께 보낸
수많은 시간 중 말이 없었던 시간이 더 많았다. 할 얘기가
없었고, 이야기를 불려나갈 상상력이 없는 파트너였으니까.
그래도 체온이 좋았다. 인간이 온혈동물이 아니었다면 나는
연애 같은 건 하지 않았을 것이다.

"좋았어?"

뒤돌아 누워 A는 그렇게 물었다. 열 번을 섹스하면 열한
번을 물었다. 계속 인정을 구하는 사람은 밑 빠진 독 같다.
나는 종종 고민했다. 이렇게 답하면 우리 관계는 어떻게
될까?

'혀는 미꾸라지 같았어.
너는 나를 제대로 쳐다보지 않았어.

네가 흔들고 있는 건 네 몸이지, 내 몸이 아니었어.
나는 몸도 마음도 미동 없이 그냥 졸았어.'

말해봤자 너는 못 알아듣고 '졸리면 자자'고 날 안았을
것이다. 말이야 뭐 쓸모가 없지. 너나 나나 우리는 혼잣말만
하는 연애를 하고 있잖아.

"응. 이제 잘까?"

나는 영민해서 포기가 빨랐다. 얻고 싶은 것을 가진 사람과
그렇지 않은 사람을 구분할 줄 알았다. 헛된 기대라고 선
긋는 것이 굿잡이라고 스스로 생각했다. 혼잣말 같은 연애는
생각보다 길었고, 그 연애가 끝날 때쯤엔 '다시 이런 연애를
할 필요는 없겠다'고 생각했다. 그리고 다를 바 없는 남자를
또 만났다.

귀가 제대로 달려 있는 남자를 찾기란 어려웠다. 고추는 다
달려 있는데 귀까지 달려 있는 사람은 드물었다.

자신이 애 같고 이기적인 것을 내가 이해해줘야 하는
성역으로 만드는 일곱 살들이 수두룩했다. 나는 자신을
'열세 살쯤은 먹었다'고 자부하고 있었다. 그래서 텅 빈 자리
같은, 혼잣말 같은 연애가 자꾸 끝나고 또 시작되었다.
끝나고 또 시작되고, 끝나고 또, 시작, 되었다.

사람은 딱 자기가 비워줄 수 있는 자리만큼만 큰 사람을
만날 수 있는 것이란 걸 나중에 깨달았다.

고슴도치의

사랑

G는 연립주택이 많은 대학가 골목에 살았다. 우리는 주황색 가로등 아래를 걸었다. 나는 어두운 밤에 그 길을 G와 함께 걷는 것을 좋아했다. 너는 커다랬고 나는 작았다. 나는 주황빛 가로등 아래 생기는 네 그림자 안에 내 그림자를 포개고, 사라졌다가 나타나는 것을 즐거운 놀이로 삼았다. 재활용 쓰레기를 내놓는 주택 담장 아래에는 아무도 주워 가지 않는 커다란 거울이 하나 있었다. 우리는 그 거울 앞에 다다르면 멈춰 서서 서로를 포개 안은 우리를 바라보았다.

예뻤다. 나는 자주 그 거울이 담은 우리를 카메라로 찍었다.

대학교에서 나는 쓸데없는 수업만 골라 들었다. 현실을
숫자로 계산해 칸칸이 가둬두는 학문에는 관심이 없었다.
그리고 쓸모 있는 수업을 들으려면 사람이 부지런해야 했다.
경영학, 경제학 수업을 하는 건물은 정문에서 너무 멀었고,
1, 2교시인 경우가 많았다. 나는 교양이란 이름으로 허락된
한량의 삶을 사는 것이 참 좋았다. 그래서 거기 어울리는
수업을 골라 들었다. 1년쯤 지나자 검정된 '능력'이나
'자격'은 손에 쥔 것이 없었고, 쓸모 없는 '좋은 말'과 '생각'에
대한 욕망만 남았다. 나는 비평 동아리에 들어갔다.

나는 어려운 이야기를 명료하게 어려운 말로 쓰는 사람이
되고 싶었다. 쉬운 이야기인 척하지 않고, 쉽지 않음을
알면서도 그 어려움을 포기하지 않고, 그렇다고 젠체하지도
않는 그런 문장. 그 수단으로 비평 동아리가 최선이었는지는
알 수 없지만, 짜장면은 많이 먹을 수 있었다. 프린트를
받쳐두고 검은 면을 흡입했던 그 지하방에는 나랑 비슷한

욕망을 가진 어중이떠중이들이 모여들었다. G는 그 어중이떠중이 중 가장 나은 사람이었다. G는 재미없는 글을 썼지만 주석을 빡빡하게 다는 사람이었고, 접속사를 많이 쓰는 사람이었고, 그림 자료를 넣지 않는 사람이었다. 나는 G의 발제 시간이면 사실 꾸벅꾸벅 졸았지만 그의 발제를 좋아했다.

너를 이해할 순 없겠지만

우리가 사랑에 빠진 것은 G가 나를 신기해했기 때문이었다. 나는 G에게 '이상하고 희한한' 사람이었다. 어째 철저한 구석이라고는 하나 없이 덜렁대고 자기를 조금 무시하면서도 치기 어린 장난을 잘 걸어오고, 자기는 이해할 수 없을 만큼 자유로워 보이는 내가 '신기하다'고 G는 말했다.

신기해.

너는 왜 나와 다르니.

너는 어떻게 그런 사람이 되었니.

나는 너를 도무지 이해할 수 없을 것 같은데

그런데 또 너를 사랑할 순 있을 것 같아.

그런 말들이 정반대의 두 사람 사이에 찌릿하게 흘렀다.

우리는 어쩌다보니 30분을 함께 보냈고, 두 시간을 함께

걸었고, 밥을 먹고 술을 먹고 네다섯 시간을 떠들었고,

그러다 집으로 돌아가는 길 손을 잡았다. 얼마 후에 나는

G의 옆구리를 찌르다시피 해서 우리 사이에 대한 확답을

받아내었다. 우리는 사귀는 사이가 되었다.

신기해서 사랑하게 된 두 사람은 금방 서로가 이상해서

서로를 싫어하게 되었다. 너는 사람 없는 길에서 키스도 못

하는 놈이었다. 내가 끄적인 소설을 동경하면서도 사람 없는

길에서 키스도 못 하는 놈이라니, 놀라웠다. 네 머리 위에는

항상 누군가의 눈이 떠 있었는데, 그건 가끔은 '우리랑

가까운 사람들'이기도 했고 '우리랑 알지만 안 친한

사람들'이기도 했고 '나는 모르는데 너랑 친한
사람들'이기도 했고 '혹시나 행여나 마주칠지 모르는
교수님'이기도 했으며 '엄마'나 '누나'나 '동네 사람들'이기도
했다. 둘만 있는 공간에서 키스를 할 때조차 네가 네 머리
위에 띄워놓은 눈이 우리를 감시하는 기분이었다. 너의
손이, 눈이, 자세가 너무나 부자연스러웠기 때문에.

고슴도치 같은 완벽주의자와의 연애

G는 부자연스럽게 나에게 혀를 쳤다가 부자연스럽게 내
엉덩이를 꼬옥 쥐었다가 금방 안전거리 너머로 달아났다.
나는 누군가에게 우리의 연애가 전시되는 느낌을 종종
받았는데 그 전시의 대상은 다른 누구도 아니고 바로 G
자신이었다. G는 나와 데이트를 할 때 그의 연애를
평가하는 그의 자아 일부분을 떼어서 손을 잡고 총총
동행하여 나왔다. 그 자아는 우리의 데이트를 방해했다.

이 여자애는 너를 뭐라고 생각할까.

네가 지금 잘했다고 생각할까.

너는 지금 멋있을까.

나는 G와의 데이트가, 그의 겁먹은 자아를 대동한 그와의 데이트가 외롭고 싫었다. 너는 자꾸 네 눈에 '신기하게 느껴졌던' 나의 모습을 찾아 나를 놀리려고 노력했다. 왜냐하면 신기하지 않으면 이상하니까. 그러면 사랑할 수가 없으니까. 우리가 '너무도 다른 사람'이라는 사실에서 오는 긴장감이 너를 특별한 사람으로 만들어주었으니 그걸 유지하고 싶어서. 너는 내가 좋아하는 신발 모양을 신기해하고 나의 가족사를 신기해하고 나의 책 취향을 신기해했다. 나의 자유로움도, 외로움도 G는 신기해하고 놀라워했다.

그렇지만 나는 그렇게 많이 다른 사람은 아니었다. 자유롭고 싶었지만 자유로워서 외로웠고, 그의 중력이 끌어안아주는 위성이 되기를 바라는 사람이었다. 그래서 그의 그림자에 내

그림자를 포갤 때는 잠깐씩 안도감이 들었다. 그냥 서로
포개져 안으면 우리가 다른 사람인 것 같지 않았다. 하지만
그를 관찰하고 의식하고 단속하는 완벽주의자 같은 그의
자아가 나랑 같은 어둠 속에 있었다.

자유로운 것은 좋은 것일까. 나는 그를 떠나고 싶다고 말한
적이 없었지만, 그는 말했다.

"너는 언제든 떠날 준비가 되어 있는 사람 같아."

그래서인지 G는 내가 그를 사랑하고 집착하고 아끼게 되자
나를 못 견뎌했다. 우리는 사랑의 문턱에서 사랑을
그만두었다. G는 나를 '이상하게도' 사랑하게 되었고, 내가
거울처럼 자기를 사랑하자 그 관계에서 탈출하고 싶어 했다.
그는 나를 바라보는 것이 즐거웠던 것이지, 본인을 누군가가
비추는 것은 부담스러워했다. 나는 그에게 거울이었다. 그는
거울에 비친 자신의 초라한 부분들을 못 견뎌했고, 나를
사랑하게 되어서 자신이 초라해진 것마냥 엄살을 떨었다.

그리고 거울은 길에 버려두고 다시 안전한 자기의 가시 속으로 숨었다. 고슴도치 같은 완벽주의자. 그런 사람과의 연애는 따갑고 또 아팠다. 우리는 그림자만 포갰을 뿐이었다. 제대로 서로의 속살을 안아준 적 없는 연애였다.

° 나도 오랜 시간 잔잔히
누군가를 사랑하고 싶었지

왜 이런 이야기를 쓰기 시작했을까. 시작을 마음먹은 때가
잘 기억나지 않는다. 이 이야기의 주제를 뭘로 정했더라.
사랑이었나, 섹스였나. 아님 둘 다 아닐까나. 소녀가 소년을
만나면 일어나는 일들, 언제나 미완성인 그 일들을 나는
다시 한 번 앓고 싶었다. 그러자 그 추웠던 늦가을 날이
떠올랐다.

S와 나는 회사 동료였다. 우리는 사실 6개월짜리 시다바리

같은 존재였다. 그래서 우리는 즐겁게 회사 생활을 할 수 있었다. 되도록 제시간에 와서 어제 했던 일을 오늘도 반복적으로 해내면 되었다. 도전적인 일이랄 것도 힘겨운 일이랄 것도 없었다. 그런 환경에서 우리는 친구가 되었다.

대학은 안 그래도 지겨운데, 헤어진 전 남자 친구들이 군대에서 돌아와 복학하는 시즌인 3학년 1학기였다. 그러니 시다바리든 뭐든 간에 휴학을 하고 회사를 다니니 즐겁기 그지없었다. 모두가 새로 만나는 사람들이었다. 진학과 미팅과 학점과 자취 같은 대학생들의 뻔한 고민 박람회를 벗어난 사람들이었다. 이직과 결혼과 연봉과 부동산, 육아를 이야기하고, 투명한 회사 흡연실에서 담배를 피우고, 몇몇은 몸을 생각해서 전자담배를 피우는 한 차원 다른 세상이었다. S와 나는 관찰자였다. 우리는 사람들을 관찰하고 회사의 일을 관찰하고 회사에서 나눠준 날짜가 쓰여진 다이어리에 그날 웃겼던 일을 적었다.

우리는 회사 선배들을 관찰해 얻어낸 시답잖은 유머

포인트를 공유했다. 자주 술을 같이 먹었고 피할 수 없는
회식 자리에선 싫어하는 선배들을 돌아가며 마크하기도
했다. 해장도 같이하고 단것도 같이 먹었다. 단것을 먹고 짠
게 먹고 싶어지면 회사 목줄을 짤랑짤랑 차고 나가 회사
근처 지하상가에서 짠 것도 같이 먹었다. 우리는 같은
일과를 공유했고 남들이 웃지 않는 포인트에서 자주 같이
웃었다. 그러나 우리는 많은 면에서 다른 사람이었다.

S는 지난 연애에 대해 잘 말하지 않았다. 나는 S가 묻기만
하면 언제든 복잡한 연애사를 조잘조잘 털어놓을 준비가
되어 있었다. 나는 회사에 있는 아무 남자 선배에게도 쉽게
반했고, S는 그런 날 보며 차분한 눈빛으로 이렇게 말했다.
"눈이 삐었구나." 나는 금세 "그러네, 내가 잠시 눈이
삐었네"라고 수긍하고 다음 날 다시 아무개 남자 선배의
멋있는 면에 대해 조잘댔다. 나는 스스로의 감정이 파도치는
걸 즐기는 사람이었다. 달님이 있어야 밀물도 있고 썰물도
있으니 아무나 달님의 자리에 모셔드릴 준비가 되어 있었다.
사랑에 어쩔 줄 모르는 처음은 지났고, 그 어쩔 줄 모름을

스스로 연출하는 것도 꽤 기분이 좋다는 걸 이미 알아버린,
노련한 나르시시스트였다. 나는 달님들을 갈아치웠다. S는
나에게 말했다.

"넌 참 이상형에 일관성이 없다."
"맞아, 난 일관성이 없어."
나의 장점은 단점에 대한 수긍이 빠른 것이었다.

나는 S의 감정이 파도쳤던 날들이 궁금해, 중학교 때부터
6년을 사귀었다가 몇 년 전 끝냈다는 옛 남자 친구와의
연애에 대해 캐묻곤 했다. S는 대부분 "잘 기억도 안 난다"
하고 말았지만, 가끔은 그 연애에 대해 들려주었다. 나는
교복을 입은 둘을 상상했다. 편지를 주고받는다거나 이불
속에서 소곤소곤대는 새벽 통화 같은 것을 상상하니 마음이
좋았다. 6년은커녕 600일도 가만히 한 사람을 사랑해본 적
없던 나는, 잔잔한 S의 사랑을 동경했다. S의 연애의
조각들은, 혀에 닿자마자 녹는 얇은 설탕 페이퍼 같았다.

다른 사람의 로맨스에 괜히 동요하는 것은 웃긴 일이다.
그렇지만 나는 사무가 너무 지루할 때면 S의 이야기로
시작해서 내 연애에 대한 망상으로 끝나는 시나리오를
머릿속으로 쓰며 책상 앞을 지키곤 했다. S의 연애사를 들은
날이면 순수하고 하얀 얼굴의 달님이 그리워졌다. 달님의
자리에 누구의 머리를 갖다두어볼까. 나는 나의 첫사랑을
다시 돌아보았다. 회상 필터 때문에 놀이터에서 마구 싸우고
비를 맞았던 어느 봄밤까지도 아름답게 느껴졌고, 개미를
소재로 한 그 애의 단편영화까지도 뭔가 의미 있게
해석되었다.
그날도 턱을 괴고 심각한 얼굴로 모니터를 바라보며 그런
공상을 하고 있는데, 타이밍 좋게 W에게서 메시지가 왔다.

"잘 지내?"

W는 첫사랑의 다양한 정의 중에 '가장 아프게 헤어진
사랑'에 해당하는 존재였다. 나는 그 때문에 오밤중에
수많은 택시를 잡았다. 그와 싸우고 화가 나서 택시를 타고

가버린 날도 있었고, 그를 만나러 가고 싶어 오밤중에
택시를 부른 날도 있었다. 우리는 바이오리듬이 안 맞는
상대였다. 드라마를 찍기에 딱 좋았다. W는 나에게
개새끼였다가 사랑이었다가 개새끼였다가 사랑이기를
반복했고, 헤어짐의 시기에도 그 바이오리듬은 그대로
유지되었다. 나는 그를 버리고 가려고 택시를 잡았다가
그에게 가려고 택시를 잡았고, 그는 그런 리듬에 질려서
제정신을 찾았다. 파도치던 바이오리듬을 벗어나 평정심을
찾은 우리는 어느 가을에 적절하게 헤어졌다. 그 후 2년이나
지난 어느 가을 오후에 잘 지내, 냐니.

우리는 왜 깨진 사랑이 다시 돌아올 수 있다고 믿을까

다음 날, 나는 늦가을 바람에 어울리는 스카프를 맸다.
머리도 감는 대신 질끈 동여맸다. 회사에 지각을 할까 봐.
저녁에 W와 약속이 있었다. 나는 무심하게 생각했다. 그래
봤자 지나간 달님인걸. 파도에 또다시 속지는 않으리.

찬바람이 솔솔 불었고 하루 일과는 금방 지나갔다. S와 일과 중간중간 수다를 떨었지만 W에 대해 많은 말을 하진 않았다. 그와의 개새끼-사랑해-개새끼-사랑해가 반복되던 서사를 S에게 온전히 들려주지 않고 띄엄띄엄 운만 떼는 식으로 말했다. S에게 나도 잔잔하고 깊은 사랑을 해본 사람으로 보이고 싶었기에.

W를 만나러 가는 길, 나는 이상한 흥분 상태였다.
나는 흥분 상태가 아닌데?
내가 흥분 상태일 리 없잖아.
봐봐 나는 이렇게 차분하잖아!
이렇게 중얼거리며 지하 통로를 걸어갔다.

그날 W는 왜 내가 선물했던 목도리를 하고 나왔을까?
우리가 헤어졌던 가을의 추억을 소환하기 위해서였다면
그는 굉장히 성공적이었다. 나는 그와 저녁 내내
옛날이야기를 했다. 요즘 무슨 일을 하는지 묻더라도
결국에는 그 대답에서 옛날 그의 흔적을 찾았다. 내가 알던

때의 너의 모습. 그도 그랬고, 우리는 취했고, 기분이 좋았고,
도착한 방은 어두웠고, 둘 다 어지러워서 몸을 가누지
못했다. 매트리스는 질이 좋지 않았다. 린스가 없어서였는지
머리가 뻑뻑했다. 모텔 이름이 쓰여 있는 실크도 뭣도 아닌
재질의 가운은 나라에서 금지해야 한다고 나는 여러 번
생각했다. W의 목도리에 조금 토를 했던 것 같다. 창문이
작아서 환기를 할 수 없었다. 창밖에 달님도 보이지 않았다.
파도에 휩쓸려 고꾸라진 로맨스의 망령.

애틋하게 시작한 재회는 허겁지겁 한 섹스로 깨끗이
날려버릴 수 있었다. 2년 전의 애틋함까지도 깨끗이 진공
청소했다. W는 지하철로 나를 데려다주었고 나는 스킨도
로션도 바르지 않은 푸석한 얼굴에 전날과 같은 옷차림으로
출근했다. 물론 지각이었다. 지각인 것도 끔찍한데 출근
시간대 지옥철에, 숙취와 옛 애인과 징그러운 나 자신과
함께 탑승하느니 선로에 쓰러져 눕고 싶었지만,
지각이었으므로 얌전히 손잡이를 잡고 허공을 바라보았다.
W와는 많은 말을 섞을 수 없었다. 마주 보고 입을 벌리면

다시 술 냄새가 올라왔다. 나는 심각한 얼굴로 다시
연락하겠다는 말을 남기고 W와 회사 앞에서 헤어졌다.
S는 내가 "좋은 아침"이라는 말을 꺼내자마자 어제저녁 내가
선택한 주종을 알아맞혔다. 나는 S와 꿀을 탄 따뜻한 우유로
해장을 했다. S는 입만 열면 술 냄새가 나는 나를 대신해
여러 잡일을 처리해주었다.

"나는 쓰레기인가 봐."
"……"
"나는 쓰레기입니다."

나는 술이 덜 깬 로맨스 쓰레기였고, S는 아니라는 위로를
딱히 건네지도 않고 옆에 가만히 앉아 내가 중얼거리는 말을
들어주었다. 우리는 대체 왜 사랑을 할까? 왜 사랑이 다시
돌아올 수 있다고 믿을까? 애틋함이 파도치던 나의 해변은
모텔 이름이 새겨진 실크(는 아닌) 가운이 뒤덮었다. 달님은
없었고 토 냄새가 났다. 나는 S가 가끔 꺼내어서 보는
아끼는 책갈피처럼 첫사랑을 간직하는 걸 보고 그의 사랑을

동경했다. 그러나 우리는 다른 상대를 사랑했고, 내가
사랑했던 사람은 책갈피라기보다는 깻잎 같은 게 더
어울리는 사람이었다. 곱창볶음을 싸 먹는 깻잎.

우리는 사랑하고 사랑을 보내고 또 그 사랑이 언젠가 다시
찾아오는 모습을 상상한다. 그러나 나는 헤어짐의 장면을
그대로 잘 보존해두는 것이 대부분의 경우에 더 나은 일임을
알았다. 지나간 것은 이미 미화되었기에 우리는 그때보다 더
예쁘게 사랑할 수 없다. 머릿속에 필름이 여러 통 있는 것을
축복하는 편이 더 낫다.

° 4부

° 타자기에
손을 얹다

올빼미형 인간을 탈출하기로 했는데. 작심삼일의 인생을
반복하며 또 지금 이 시각, 새벽 2시. 일기를 써야지. 육필로
쓸까 했는데 손이 느리고 손마디가 아파 결국 타자기에 손을
얹었다.

타자로 글을 쓸 때는 너무 빠르게 쓰게 된다. 숨도 고르지
않고 아무 말이나 털어낸다. 커서를 따라 쉴 틈 없이
문자들이 달려나간다. 마음에 들지 않으면 한 번에

지워버리면 그만이다.

김훈은 원고지에 손으로 글을 쓴다. 『칼의 노래』의 첫
문장을 쓸 때 그는 '버려진 섬마다 꽃은 피었다'와 '버려진
섬마다 꽃이 피었다'를 두고 고심했다고 한다. 조사 하나도
허투루 쓰지 않은 것이다. 나는 글자 하나도 고심해서 쓰고
지우고, 또 한 번 고심하는 그 숨을 따라 하고 싶었다. 칸과
칸 사이에 끼어드는 한숨, 콧바람, 지우개 가루 같은 것들.

무라카미 하루키도 글을 고칠 때는 김훈처럼 연필을 쓴다고
한다. 하루키의 책상에 놓인 유리컵엔 가지런히 깎아둔
연필이 다발로 꽂혀 있다. 그는 연필로 문장을 고치면서
연필이 짧아지는 걸 보는 것이 즐겁다고 말했다. 오늘 들은
〈이동진의 빨간책방〉에는 연필에 대한 멋진 이야기가
소개되었다. 나는 연필을 그렇게 멋지게 정의한 글을 본
적이 없다.

"지하에서 자란 광물과 지상에서 자란 식물이 서로 안은 것.

단단하고 외롭게 누워 있는 선. 1킬로미터 길이의 시."
연필로 무언가를 쓰면서 우리의 존재는 미세하게 바뀌고
있다는 문장도 좋았다.

4B의 연필심을 가진 사람은 물성이 무르고, 관찰한 것의
명암을 더 진하게 그려내고, H의 연필심을 가진 사람은
획이 날카롭다. 생각컨대, 나는 아마도 B에 가까운 심을
가진 사람일 것이다.

나를 위해 계속 글을 쓰고 싶다. 글을 쓰는 것은 내 삶에
중요한 일이다. 우리는 글을 쓰면서 우리의 존재를 계속
미세하게 바뀌나간다.

오늘의 나를 내일의 자리로 한 눈금 옮겨두기 위해서,
그렇게 계속 쓰고 싶다.

사랑이라는

단어

Urban dictionary(사람들이 단어의 정의를 내려보는 크라우드 소싱 사전 서비스)에서 'love'를 검색했다. 강아지 사진이 나왔다. 키스하는 연인도 있었다. 표제어로 등록된 문장은 육체적 사랑을 의미했다. 이 정의를 가진 사람들은 love라는 단어에서 살의 온기를, 부드러움을 느낄 것이다. 두 번째로 등록된 문장은 낭만적 열정을 의미했다. 이 정의를 가진 사람들은 로맨스 소설을 이해할 수 있을 것이다. 고린도전서의 문장도 있었다. 누군가에게 사랑은 헌신을,

신성함을 뜻하는 것이다. 파괴를 이야기하는 문장도 있었다. 이런 문장을 올린 이들은 질투와 시기, 초조함을 사랑으로 느끼고 있을 것이다.

밤에 언어에 대해 생각하였다. 사랑이란 단어를 보고 누군가는 섹스를 떠올리고 누군가는 고린도전서를 떠올린다. 헌신이기도 하고 파괴이기도 하다.

우리는 모두 다른 언어를 쓴다.

° 가을 냄새를

맡다

우롱차를 마신다. 언니네 부부는 미국으로 떠났다. 언니는
본가에 차를 두 통 두고 갔다. 레몬그라스 차와 우롱차.
구겨진 우롱 찻잎에 뜨거운 정수기 물을 붓는다. 찻잎이,
죽지 않은 척 피어난다. 머그잔 안이 수중 화분 같다.

저녁엔 방을 정리했다. 침대에 책을 둘 자리를 만들고
오래된 빨랫감을 치우고 낑낑대며 침대 매트리스를
내다버렸다. 침대 뒤에 먼지 덩이가 굴러다녔다. 〈센과

치히로의 행방불명〉에 나오는 먼지 덩이들 같았다.
그것들은 비질에 홀랑 쓸려 나왔다. 잠깐 휴식 타임. 힘이
달려서 쓸려 나온 먼지 덩이들 위에 그대로 누웠다.

핸드폰을 보다가 다시 일어났다. 바닥에 주저앉아 책을 닦고
바닥을 쓸었다. 분리수거할 것들을 챙겨서 밖에 나갈 때는
이미 저녁 7시가 지나 있었다. 엘리베이터에 플라스틱
바구니를 낑낑대며 들고 있는 사람들이 올라탔고, 나는
그들과 함께 엘리베이터에서 내려 분리수거 구역 안을
이리저리 오간다. 머리가 헝클어진다. 바람이 달랐다.
가을이 되고 처음 맞는 주말이었다.

기억과 가장 가까운 것은 냄새다. 나는 증조할머니가 주던
맛사탕을 좋아했는데, 돌이켜보면 그게 무슨 맛이었는지
도무지 기억나지 않는다. 증조할머니 집의 꿉꿉한 냄새는
코가 기억한다. 코끝에서 시작해 머릿속에 재생되는 영상
속에 그 집의 이불, 그 집의 부엌, 작은 증조할머니도 함께
담겨 있다. 냄새는 기억 속에 넣은 줄도 몰랐던 것들을 다시

불러낸다. 가을 냄새 한 줄기에 수많은 것이 스친다.

뜨겁고 초조하던 날들을 지나 거짓말처럼 또 가을. 서늘한
바람 한 줄기에 마음을 쓸어내리게 되면서도 두렵다. 가을은
오자마자 간다. 그럼에도 창문을 열어두고 우롱차를 마시는
날은 계절 중 몇 없을, 행복한 날이다.

° 양갱과

소주 토닉

어제는 친구와 술을 먹었다.

직접 만든 차가운 양갱을 내는 술집이었다.

한 뼘 정도 길거리로 나와 있는 데크 위에서,

처음엔 둘이 있다가 한 놈 더해 셋이 되었다.

자정을 넘어 또 한 명

비실비실 다른 데서 술 얻어먹고 도착한 놈까지

합해 넷이 되었다.

소주에 토닉워터를 타고 고급 양주 먹듯 얼음도
잘그락거리게 넣었다.
알 만한 주머니 사정에 샐러드는 금방 동이 나고,
기본 안주인 양갱도 야금야금 젓가락 끝으로 나눠 먹다보니
사라졌다.
남은 소스를 안주 삼아 몇 병을 더 하고 까득까득 얼음을
씹었다.
쓸데없는 얘기들로 잔을 채웠다.
선선하니 술 먹기도 좋은 새벽이었다.

택시비가 아까워 친구네서 잤다.
친구네 부모님이 깨실까 봐 살금살금 집에 들어갔다.
세수도 조용히 하고 까치발로 친구 방에 숨었다.
친구는 허리통이 한 주먹은 남는 헐렁한 바지에 대학교 때
입던 과 티를 던져줬다. 허리끈을 묶으면서 소리 죽여
웃었다. 싱글 침대에 둘이 눕긴 좁았고, 침대 옆엔 피아노가
있어서 바닥 자리도 마땅치 않았다. 친구는 좁은 곳에
이불을 깔고 피아노 다리 옆에 누웠다. 나는 친구의 침대에

편히 누웠다. 꼴에 손님 대접을 받았고, 부끄러웠다.

복잡한 꿈을 꾸었다. 하나가 아니고 여럿이었다. 반쯤
잠에서 깨어 '이건 꿈이다' 생각한 건 어렴풋이 기억난다.
옆으로 몸을 돌려 창을 열어야겠다고 생각했다. 내 방엔
침대 옆에 창이 있다. 벽에 발을 부비다가 창의 감촉이
없기에 그제야 생각했다. '아, 우리 집이 아니었지.'

해가 뜨거워지고야 잠에서 깼다. 머리맡을 더듬어 핸드폰을
집었다. 덜 뜬 눈으로 부지런히 남의 세상들을 구경했다.
엄지는 바쁘고, 생각은 덜 바빴다. 오늘도 사람들은
열심히도 싸우는구나, 생각하며 세상은 뻔하고 지겹다고
느꼈다. 왜 사람이 사람을 때리면 안 되는지, 피해를 입은
사람이 왜 피해자인지, 남의 인생을 망치지 않는 것이
좋다는 건 왜 그런 것인지, 논쟁의 범위가 이상하다고
생각했다. 이런 건 마치 1부터 다시 시작하는 유인원의 문명
같다.

내가 눈을 뜬 즈음에 친구도 부스럭부스럭 잠에서 깼다.
문을 살짝 열고 보니 친구 부모님은 벌써 나가신
모양이었다. 나는 친구가 가져다준 물을 마시고 화장실에
갔다. 변기에 앉아 위아래로 부글대는 속을 잡고 있었다.

충분히 잤지만 다 큰 처녀 룸펜 둘은 또 졸음이 쏟아지기에
두어 시간을 더 잤다. 이번엔 내가 바닥에 시체처럼 반듯이
누웠다. 침대에선 옆으로 누워도 괜찮지만 바닥에선 옆으로
누우면 뼈가 아팠다. 3년 전에 살이 한번 빠지고난 뒤에는
잘 먹어도 도통 살이 찌지 않았고, 모로 누우면 무릎뼈와
무릎뼈가 서로 부딪쳐서 성가셨다. 몸의 굽은 곳들이 모두
아팠다. 솔잎처럼 가만히 누워 있어야 아프지 않았다. 나는
해가 방문까지 기어들어오는 걸 느끼면서 더위에 잠이 깼다.
발끝부터 입안까지 바짝 말라 있었다.

° 생리통

깨자마자 느낌이 왔다.

'오늘 며칠이지······.'

위가 쓰리고 윗배가 아프고 속이 부글거려 중간배도 아프고,
아랫배까지 쥐어짜듯 아팠다. 작은 주먹이 내 아랫배 속
내장을 그러쥐고 있는 듯했다. 변기 물에 얼핏 핏기가
돌았다.

전날의 숙취로 속도 울렁울렁한 것이 칫솔을 입안에 넣기만
해도 변기를 붙잡을 것 같았다. 자는 동안은 통증이 없었다.
꺼멓고 끈적한 핏덩이. 아랫배 통증이 심해졌다. 허리를
펴면 허리로 통증이 기어 올라왔다. 다리를 펴면 발끝이
저릿저릿했다. 나는 무릎을 꿇어도 보고 반쯤 누워도 보고
눈을 감아보기도 했다. 그러나 눈을 감으면 통증에 온
감각이 오히려 더 집중되는 느낌이었다.

거실 소파에서 나는 눈을 껌뻑이지 않고 공중을 봤다.
거실에 놓인 토르소는 등산 모자를 쓰고 있었다. 뱃살 빼는
운동기구 위에 놓인 책들. 옷걸이에 걸어둔 블루 와이셔츠
두 벌. 빛바랜 애들 사진 같은 것들. 남의 집 역사를 엿볼 수
있는 거실.

친구는 진통제를 찾아주겠다고 서랍을 뒤졌지만 타이레놀
한 알도 찾을 수가 없었다. 우리 집에는 서랍마다 진통제가
한가득인데, 친구네 집엔 소화제뿐이란다. 나는 친구의 손을
잡고 기어 나와 남의 동네 상가로 갔다. 가는 길에 울었다.

왜 나는 자궁을 실망시켜서 이런 수모를 겪나, 여자는 왜 천형처럼 애를 안 가졌단 이유만으로 30년을 한 달에 한 번 피 흘리며 살아야 하나. 애를 낳는 건 열 달치 생리통의 고통을 합한 것보다 아플까. 남자는 정액을 내보내면 쾌락이 따르는데 여자는 왜 난자를 내보내고 자궁벽까지 지었다 부쉈다 하며 고통을 겪지?

생리를 그냥 '생리'라 부르는 건 너무 나이브한 것 같다. 객관적으로 이 고통을 사람들이 알 수 있게 비임신성 자궁 내막 파열 후 출혈, 뭐 이런 무시무시한 명명을 하는 게 맞지 않나.

약국에서 위에 안 좋을 게 뻔한 액상 진통제를 샀다. 쌀국수집에 가서 국수를 주문하고 약부터 삼켰다. 알약이 목구멍을 지나다가 어딘가에서 걸려버렸다. 기침을 하다보니 욕지기가 나서 화장실에 갔다. 다녀와서 약 상자에 써 있는 경고문을 봤다. 음주로 속이 안 좋은 사람은 의사와

상의 후에 먹으라고 써 있었다. 술도 먹고 아픈 와중에
의사까지 찾을 정신이 있는 사람은 과연 몇이나 될까. 사실
웬만한 병의 처방은 '정신 챙기고 혼자서 알아서 잘 살라'는
뜻이다. 우습다.

먹은 것도 없이 토하니 나오는 게 없었다. 혹시나 해서 아까
먹은 알약도 토했나 살폈다. 토했으면 한 알 더 까서
먹으려고. 쌀국수는 맛있었다. 먹다보니 통증도 사라졌다.
쌀국수를 먹고나니 금세 기분이 좋아지면서 단게 먹고
싶어져 빙수집으로 향했다.

자궁 내막이 파열되는 고통만 없다면 나는 행복하고 어질 수
있는 사람이었다. 빙수도 맛있었다. 나는 아슬아슬하게
올려진 망고와 아이스크림을 요령 좋게 조각냈다. 부드러운
얼음을 혀로 살살 말았다. 한 손에 동생 줄 빙수를 든 친구와
함께 버스 정류장으로 향했다.

적당히 더운 초여름 날씨에 플라타너스 나무가 가득한

아파트 단지, 술 먹고 다음 날까지 함께 뒹굴거리는 친구, 그
날 하루는 온통 심심한 맛에 보는 그렇고 그런 청춘 영화
같았다.

외출이
싫은 날들

이러다 히키코모리가 될 것 같아. 이틀에 한 번씩 집을
나가고는 있지만 걱정된다. 집에 하루 종일 있는 시간도
너무 좋고 새벽 4시에 잠들어서 오후 3시에 깨는 것도 전혀
싫지 않다. 자는 건 질리지도 않고 꿈이 현실보다 재미있다.

현실에서는 편하게 만나기 힘든 사람들도 꿈속에서는
친근하게 등장한다. 내가 생각하는 이미지에 맞는 역할을
맡아서 예상할 수 있는 범위에서 말하고 접근하고 행동한다.

꿈속에서는 편하고 즐거운 이야기가 전개된다. 적당히 떨고 적당히 놀라면서 누군가를 만날 수 있다.

꿈만 꾸고 살아도 돈은 든다. 이틀에 한 번 있는 외출은 돈을 벌기 위한 것이다. 인간은 이것저것 먹고 쓰는 데 돈이 든다. 먹고 쓴 걸 치우고 버리는 데도 돈이 든다. 소비하고 치우기 위해 태어난 동물 같다.

55킬로를 육박하던 몸무게가 7킬로가량 줄었다. 48에서 47 사이에 체중계 바늘이 멈춰 있다. 내가 이렇게나 날씬해지다니, 태어나서 이런 적이 없는데. 거울 앞에서 옷을 벗고 스스로 몸을 본다.

살은 까맣고 거칠거칠하다. 꼭지만 달린 가슴은 맞아서 부은 것 같은 크기. 겨드랑이랑 사타구니 사이에 털이 조금 있다. 팔뚝은 닭살처럼 살이 우둘투둘하다. 마른 몸이다. 고추를 땡볕에 널어 쪼글쪼글 말리고 가루를 내면 고춧가루가 된다는 예문에서 나오는 그 '마르다'의 뜻. 마른 몸. 생명이 마른 몸이다.

가장 기분이 좋지 않은 때는 뭘 먹을 시간이 됐을 때다. 보통
오후 2시에서 3시 사이에 일어나기 때문에 저녁 6시 정도가
되면 배가 고프다. 자면서 꿈을 한 네 개 정도 꾼다. 뇌가
당분을 쓴다. 이때쯤 되면 어디 나가지도 않고 이렇게
하루를 썼다는 게 또 화가 나기 시작한다. 밥을 먹으면서
기분 전환을 하려고 티브이를 켠다. 귀가 시끄럽다. 노래를
목청껏 부르고 울고불고 오디션을 치르는 사람들. 꿈 자랑
대회는 신물이 난다.

요란하게 말하지 않지만 나도 꿈이 있다. 집에서 꿈만 꾸고
밥만 처먹는 나도 꿈이 있다.

꿈 자랑 대회에 나가지 않아도 잘 살아남을 수 있을까.
현실이 제일 비현실적이다.

° 샤워

살 위에 까끌까끌 닭살이 올라왔다. 샤워를 하면서 때를
벗겼다. 스스로의 몸을 스스로 씻길 때는 묘한 마음이 든다.
다리를 들어 올릴 때 다리의 무게감이 느껴지고, 배에
거품을 칠할 때 몸의 곡선이 느껴지고, 가슴과 털과 몸
구석구석의 이상한 문형을 더듬어보며 물체로서의
스스로를 느낀다. 특히 귀와 생식기를 씻을 때 더 그렇다.

귀의 연한 뼈와 미로처럼 이어지는 둥그런 경계 같은 것이

새롭다. 이 안으로 세상의 소리가 둥글게 빨려
들어가는구나. 여성의 생식기는 여러 겹의 살이 그 입구를
감싸고 있다. 이 여러 겹의 살을 파고들면 구멍이 나온다. 그
구멍 속에 둥글게 속을 파놓은 주머니가 있다. 따뜻하고
물컹하고 어둡다.

몸 안을 채우고 있을 장기들을 생각해본다. 붉고 하얗고
노란 몸속의 색깔들. 몇 가지나 되는 색깔이 몸을 채우고
있을까? 몸을 뒤집어서 처음부터 끝까지 색칠한다고 하면
몇 가지의 색연필이 필요할까?

° 명절 일기

연휴 동안 나는 해변에 쓸려 온 해파리처럼 침대에 누워
있었다. 밥때가 되면 식탁으로 불려 나가고 밥때가 지나면
다시 침대로 쓸려 내려와 누워 있었다. 한없이 잤다. 깨서
눈을 꿈뻑꿈뻑하다가 또 한없이 잤다. 잠에서 깨서 심심하면
드라마를 보면서 발뒤꿈치에 까슬까슬 올라온 굳은살을
만졌다. 요즘따라 발뒤꿈치가 여기저기 파이고 무너졌다.
어릴 때는 고목 같은 할머니의 발뒤꿈치를 신기해했다.
발뒤꿈치가 말랑하던 시절엔, 나도 단단한 신발을 신고 오래

걸어 다니는 어른이 되면 이렇게 발뒤꿈치가 갈라질 줄은
생각도 못했다.

군인인 남동생은 추석 동안 휴가를 받았다. 논산에서 서울로
오는 KTX 표가 군인에게 한 번은 공짜라고 했다. 군화
안으로 바지 자락을 밀어 넣는 모습이 제법 능숙했다. 나는
발뒤꿈치가 까슬한 어른이 되었고 내 동생은 군인 아저씨가
되었다. 엄마는 친척 집에서 조카 손주를 쫓아다니다가 만
원짜리를 쥐여주었다. 명색이 할머니인데 용돈을 줘야 하지
않겠냐고 했다. 나는 내가 저 애한테 뭐라고 불릴 사람인가
잠깐 촌수를 세다가 포기했다. 어찌 됐든 엄마는 몇 해 전
명절부터 할머니라는 명칭을 새로 획득했다.

외가 친척 집에는 뒷다리 근육이 탄탄한 테리어 종 개가
있었다. 앞뒤 다리 모두 깡동하고 귀는 토끼 같았으며
사냥개 후손답게 몸통 전체가 단단했다. 주인(친척 언니)이
자주 뽀뽀를 해주었던지 사람을 보자마자 혀를 내두르며
얼굴로 달려들었다. 앞발 힘이 어찌나 억센지 나는 거의

뒤로 넘어갈 뻔했다. 달려드는 개 겨드랑이를 잡고 개를
저리로 물렸다. 이미 침은 묻었지만.

이름도 촌수도 하는 일도 취미도 기억나지 않는 친척 인파
사이에서, 개라도 있어 다행이었다. 처음 본 개가 오히려
가장 친근했다.

친가는 해체된 지 오래고, 외가는 가난 때문에 왕왕
싸웠지만 사람들 정이 돈독했다. 외가네 왕이모 댁에는
커다란 가족사진이 있었다. 맨 아랫줄에 거동이 불편하신
왕이모가 의자에 앉아 웃고 있고 그 옆으로 왕이모 얼굴을
복사해 오려 붙인 듯한 첫째, 둘째, 셋째가 앉았다. 그
윗줄에는 넷째, 다섯째, 여섯째가 있었고 그 사이사이에는
왕이모 자식과 그 배우자의 얼굴을 묘하게 섞어놓은 듯한
미니미들이 끼어 앉아 있었다. 나는 남들 눈에 우리 가족도
이렇게 똑 닮아 보이려나 생각하다가 앞니를 엄지 검지로 꽉
잡아보았다. 함박웃음을 지으면 툭 튀어나오는 이 앞니는
아빠가 동생과 나에게 물려준 몫이었다.

엄마는 외할아버지의 어디를 닮은 걸까? 우리 엄마는
하얗고 통통하고 동그랗다. 이메일 아이디는 white_pig.
외할아버지는 반들반들하게 닦아둔 시골집 마룻바닥
같았다. 본인이 직접 지으시고 닦으시며 살고 있는 논산의
그 시골집 마룻바닥 말이다. 나는 고속도로를 달리다 만나는
이상한 고목 가구를 파는 곳을 볼 때면 외할아버지가
생각났다. 세월은 외할아버지의 외양을 반들반들하고
어두운 색의 고목으로 바꾸어놓았다. 엄마는 외할아버지는
닮지 않았다.

외할머니를 직접 뵌 적은 없지만 남아 있는 흑백사진을
들여다보면 하얗고 고운 피부를 가지셨던 분 같다. 엄마도
유전 법칙에 따라 부모 둘 중 하나는 닮을 수밖에 없었다면,
아마 할머니 쪽이리라. 엄마의 삶에서 내가 없던 시간은
삶에서 3분의 1 남짓. 나는 나라는 씨를 뿌린 엄마 아빠 두
사람의 로맨스만 상상해보았지 엄마의 뿌리를 만든
인간들의 삶에 대해서는 상상해본 일이 없다. 명절이면 그
뿌리의 흔적을 어색하게 마주하고는 전 몇 개를 집어 먹고

기름칠된 입을 닦는다. 과일 상을 나르고 작은 포크를
챙기면서 얼굴 귀퉁이 어딘가가 조금씩 닮은 어른들을
쳐다본다. 코 이쪽 귀퉁이가 닮고 귀 이쪽 귀퉁이가 닮고
피부색이 닮고 웃을 때 치열이 조금 닮은, '가족'이라는
인간의 복제 틀을 신기해하며 관찰한다.

엄마는 동생의 부대 복귀와 외할아버지의 귀가를 위해
논산으로 차를 몰았다. 다섯 시간은 족히 걸리는 거리라
했다. 외할아버지가 혼자 사시는 논산 시골집과 동생의
군부대는 지척이었다. 귀가 잘 안 들리는 외할아버지는
뒷좌석에, 귀가 잘 들리지만 대답을 잘 안 하는 동생은
앞좌석에 타고 있었다.
엄마는 뒷좌석에 대고 "병순 언니네는 안 왔냐고요, 아부지",
"아이고 병순 언니요"라고 고래고래 소리를 지르며
외할아버지랑 소통하려 애썼지만, 외할아버지는 "차들이
내려오느라 지랄이여"라며 차로 가득한 도로 상황만 욕했다.

나는 중간에 탈출해 낙성대입구역 앞에서 내렸다. 명절 날

친척 집에서는 음식이 아무리 맛있어 보여도 입맛이 싹
사라졌다. 꿉꿉한 남의 집 연립주택 주방 냄새도 싫고
손맛을 내 만든 음식 냄새도 낯설어서 싫었다. 늘 겨우 과일
두 쪽을 집어 들고 개나 쓰다듬다가 인사를 하고 나오는 게
다였다. 그날도 그랬다. 엄마 차를 보내고, 전철을 타고
2호선 홍대입구역에 내려 추석 연휴에도 문을 연
프랜차이즈 냉면집에 들어가 물냉면을 시켰다. 남아 있는
자리는 예약석 표지가 올려진 6인석뿐이었는데, 주인장은
"혼자 왔어요?" 하더니 흔쾌히 6인석을 나 혼자에게
내주었다. 빈자리 다섯을 이웃하고 혼자 앉아 있는데도
입맛이 돌았다. 이 프랜차이즈 냉면이 나에게는 더 익숙한
맛이었다.

° 애견기 1
_____

개가 온 지 사흘째. 생후 50일. 몸길이 25센티미터. 몸무게는
800그램 정도로 추정. 한 손에 들면 꽉 찬다. 인형 뽑기
기계에서 뽑은 중간 크기의 쵸파 인형과 비슷한 체구. 이
개의 출생지는 충남 서산이다. 개를 분양해준 지인의 말로는
어미는 원래 도시 개라고 한다. 도시에서 키우다 서산의
시골집으로 데려왔다. 그리고 새끼를 낳았다. 어미젖을 먹고
있는 새끼들의 사진을 봤는데, 온몸이 까만 개도 있고 하얀
개도 있고 갈색 개도 있었다. 그중에 있던 하얀 바탕의

점박이가 우리 개가 되었다. 잡종인 이 개는 세상에서
하나뿐인 얼굴을 가졌다.

이 귀여운 개를 자세히 살펴보면 주둥이는 좁고 코는 짧으며
코 주변에 까만 털이 나 있다. 전체적으로 흰 바탕에 짧은
털을 가지고 있으나, 얼굴과 꼬리 부분에 검은 털과 갈색
털이 섞여 있다. 삼각형의 처진 귀를 가졌다. 귀부터 눈
부근까지 안경을 쓴 듯 갈색 털이 나 있다. 배 부분엔 털이
없고 야들야들한 분홍의 속살이 드러나 있다. 옅은 갈색
반점이 보인다. 성별은 암컷이다. 처음엔 다리 사이에
무언가 있고 오줌이 나오길래 고추인 줄 알았는데 고추가
아니었다. 엄마는 개를 뒤집어보더니 수컷이라면 배의
한가운데에 오줌 누는 곳이 위치해 있다고 설명해주었다.

우리 강아지를 가까이 안아보았다. 시골에서 여러 개와
뒹굴었던지라 침 냄새가 심했다. 개들끼리 서로 핥고 물고
하면서 밴 냄새일 것이다. 흙이 묻어 털도 누랬다. 강아지를
분양해준 지인은 종이 상자에 신문지를 깔고 개를 차에 태워

서산부터 서울까지 왔다.

이 사랑스럽고 귀여운 개는 아직 발톱이 하얗다. 성견의
발톱은 까맣다. 발톱 안에 핏줄도 분홍분홍 보이고,
발바닥도 물렁물렁 분홍분홍하다. 이 강아지는 아직
태어나서 한 번도 발톱을 깎아본 적이 없다. 태어나서 한
번도 목욕을 해본 적도 없다. 그런 생각을 하면 이 강아지의
앞발을 잡을 때마다 감격스럽다. 이 발바닥이 점점 단단해질
게 아닌가.

° 애견기 2

몸에서 개 냄새가 나기 시작했다. 사랑한다고 다가와 나를
사정없이 핥는다. 개는 원래 사족 보행 짐승이니 인간과
손을 맞잡을 수도 없고 백허그를 할 수도 없다. 그래서 개는
얼굴부터 들이민다. 사랑한다고 분홍 혀를 꺼낸다. 강아지는
나를 앙 물고 핥고 내 몸통을 타고 오른다.

탐험가처럼 나를 등반한다. 걸리버가 소인국에서 이쑤시개
같은 말뚝에 포박당했을 때의 심정이 이런 것일까. 나는

덩치는 열 배도 더 되는 주제에 강아지가 몸통을 타고 오르면 매번 당황한다. 나라는 생물이 너무 울퉁불퉁하다는 것을 깨닫는다. 개가 잡을 곳도 마땅치 않으며 겉가죽이 연해서 저 투명하니 하얗고 어린 발톱에 긁히는 것도 너무 아프다.

나의 관심사는 개가 먹고 자고 싸는 일이 되었다. 집을 사줬는데 집에서 자면 그게 그렇게 뿌듯할 수가 없다. 화장실을 마련해뒀는데 화장실에서 진한 똥을 싸주면 그게 그렇게 기특할 수가 없다.

서서 먹는 물병을 사줬는데 기특하게도 그 원리를 스스로 터득해 물을 먹는 우리 개를 보면 나는 언빌리버블 원래 개가 이렇게 영리한 존재인가 벌어지는 입을 다물지 못하고 앞발 들어 박수를 짝짝 친다.

물병에서 물을 먹는 게 뭐 큰일이냐고 호들갑이라고 날 비난할 수도 있겠지만 이 물병은 아주 과학적인 물병이다.

볼펜의 원리를 이용한 물병. 이 스탠딩 물병엔 가늘고 긴 꼭지가 달려 있고 이 꼭지 끝은 동그란 쇠구슬로 막혀 있다. 강아지가 이 꼭지 끝의 쇠구슬을 혀로 누르면 볼펜 알이 굴러가면서 잉크가 나오는 것처럼 물이 나오는 것이다. 개는 그 원리를 이해한 것처럼 혀로 정확히 이 위치를 눌러 물을 마신다.

마치 개미가 진딧물 뒤를 따라가서 이슬 같은 단물을 받아먹는 것처럼. 마치 새벽이슬로 목을 축이는 깊은 숲 속의 나비처럼. 스탠딩 물병의 원리를 이해하고 한 방울 한 방울 물을 '획득'한다. 기특한 내 새끼.

장거리
달리기

나는 체력이 바닥이다.

200미터만 뛰어도 숨이 바닥난다.

단거리달리기에는 쥐약인 체력이면서 용케도

장거리달리기는 잘하는 타입이었다. 중학교 때 같은

반이었던 아라는 육상부 선수를 했었다. 체력장 때

장거리달리기는 운동장을 다섯 바퀴 뛰는 코스였는데, 나는

단거리달리기는 포기한 지 오래면서 장거리에선 아라

다음으로 결승선에 골인했다.

오래 뛰면 입안에서 피 맛이랄까, 쇠 맛 같은 게 난다. 나는
묘하게 그 맛이 좋았다. 뛰고난 후 내 궤적을 뒤돌아볼 때의
시원함도 좋았고, 스스로 선택한 호흡도 만족스러웠다.
골인할 땐 토할 것 같았지만 그 토할 것 같은 기분이
싫으면서도 좋았다.

나는 내 모든 순간의 주인이고 싶다. 피 맛이 느껴지는
장거리달리기를 하고 있는 나날을 살고 싶다. 요즘이 딱
그런 나날이라 즐겁지만 매일이 위태롭기도 하다. 눈 감을
때 하는 고민이 눈뜰 때 하는 고민과 같다. 이제 첫발을
내디딘 것뿐인데 괜스레 눈물이 날 것 같고, 울까 봐 얼른 또
걸음을 옮긴다.

일을 만들며 배운다는 것은 끊임없이 내가 못하는 일과 내가
할 수 있는 일을 구분하는 과정의 연속이었다.

불안함을 모른 척하지 않고, 한계를 모른 척하지 않고, 똑바로 보면서 더 갈 것이다. 스스로 토닥이고 여름밤 우리 집 개도 자주 산책시키면서.

내게 손녀가 생기거나 내가 누군가의 대모가 된 날이 오면, '세상이 바뀌는 순간에 나는 이렇게 존재했었다'고 2050년생쯤 되는 꼬마에게 얘기해줄 수 있을까. 그럴 수 있을 것이다.

잘 자고, 다음 주를 잘 보내기를 기도한다.

외할아버지 댁

아버지 병문안을 이유로 오랜만에 자식들이 고향집에
모였다. 이모랑 외삼촌 들, 그리고 우리 엄마도 다 그 집에서
컸다. 아내는 죽어서 떠나고, 자식들도 다 떠난 집에서
외할아버지는 계속 농사를 지었다.

방학 때면 외할아버지 댁에 (억지로) 와야 했다. 이 집이 나는
싫었다. 대문 위에 집을 튼 통통한 거미도 무섭고, 꺼멓게
밑이 뚫린 화장실도 무서워서. 밤에 오줌이 마려워도 엄마는

화장실까지 같이 가주지 않았다. 그래서 마당에 세워놓은
우리 자동차 뒤에서 오줌을 쌌다. 외할아버지는 무서울 거
없다고 뭐라 뭐라 설명을 하셨는데, 발음이 좋지 않아서
나는 알아들을 수가 없었다. 내가 클수록 외할아버지는 귀도
점점 안 좋아지셔서 여러 번 소리를 쳐야 밥상으로 모실 수
있었다.

나에게야 무섭고 싫은 시골집이었지만, 외할아버지는 이
집을 평생 반들반들 닦고 살았다. 이 집은 외할아버지가
엄마와 이모들 다 어렸을 적에 손수 지으신 집이다.
외할아버지의 인생이 모두 이 집의 반들반들한 마룻바닥에
담겨 있다.

이모, 외삼촌 들은 외할아버지가 퇴원하실 때를 생각해서
집을 싹 치웠다. 마루도 광내서 닦고 외할아버지 드실
밥이며 반찬을 뚝딱뚝딱 일사불란하게 만들었다. 엄마는
뒷밭에 나가 파를 뽑아 오고 외삼촌은 연탄 넣고 불을
때우고, 이모는 싸 온 반찬을 풀었다. 죽어 있던 집

구석구석이 살아나는 것 같았다. 부러진 목을 수술해둔
파리채도, 옛날부터 쓴 수저랑 쇠소반도 그대로였다.
이곳에서 쌓인 기억들도 다시 반질반질해지는 것 같았다.

이모, 외삼촌 들은 어머니 산소에 올리려고 넉넉히 사 온
소주로 반주를 했다. 다들 깔깔대고 웃었다. 외할아버지가
병원 말고 이곳에 같이 계셨으면 좋았을 텐데. 본인이
치매일까 싶어 눈물을 보이시던 모습이 떠올랐다.

아부지, 이건 기억나요? 응, 그럼, 기억나지. 아부지, 이것도
기억나요? 응, 그럼, 기억나지.

그렇게 주고받던 말 사이에 외할아버지가 찬찬히 읊으시던
날짜와 장소 들, 그리고 자식들의 모습.

나는 외할아버지가 무서워서 우신 이유를 알 것도 같았다.

° 괜히

전화했나

속상하고 흥분되는 일이 있었다. 급하게 누군가를 찾아
전화를 걸었다. 상대는 전화를 받지 않았고 나는 더 속이
상했다. 그런데 바로 다시 전화가 걸려왔다. 나는 그 일을
그에게 털어놓았다. 분명 속상한 일을 말하는데 이상하게도
나는 계속 싱글벙글했다. 속상한 일을 이야기하고 싶은 그
사람이 바로 다시 전화를 걸어줬다는 사실에 금방 너무
기뻐졌다.

내 기분을 알 리가 없어서인지 생활이 피곤해서인지, 혹은
둘 다일지도 모르겠지만 상대는 딱히 잘 듣는 귀가
아니었다. 결국 이해받지 못한 기분으로 전화를 끊었다. 그
사람에겐 그냥 평범한 통화인 것을 나는 그가 내 부재중
통화에 응답해주었다고 지나치게 기뻐했고, 그가 내 마음을
알아주지 못하는 것 같아 지나치게 절망했다. 괜히
전화했나. 어쩌면 그런 기분으로는 전화를 하지 않는 게
나았으리라.

자취인의
겨울

어쩌다 서울에 집을 구했다.
옥상에서 고가도로가 보인다.
간판 빛이 총총한 도심에서
어둡지만 별이 총총한 언덕으로 퇴근한다.

연립주택 단지,
동네는 조용하다.
혼자 쉴 수 있어 좋다.

아무도 방문을 벌컥벌컥 열지 않는다.

출근하면서 빨래 걱정을 한다.
날이 점점 추워지네. 빨래가 잘 마를까?
퇴근하면서 빨래 걱정을 한다.
날이 점점 추워지네. 빨래가 잘 말랐을까?

수건이 몇 개 남았는지 신경이 쓰인다.
엄마 집에 얹혀살 땐 몸 수건, 머리 수건을 따로 썼다.
내가 나를 온전히 키워야 하는 이 집에선 수건을 덜 쓴다.
엄마 미안.

5부

일상적인 문장이
힘을 잃는다

스베틀라나 알렉시예비치는 수천 건의 인터뷰를 통해
소설을 썼다. 그의 소설을 사람들은 '목소리 소설'이라고
부른다. 그는 우크라이나 접경 지역, 벨라루스의 피폭된
마을을 찾아갔다. 피폭 지역의 여성들은 손가락이 없거나,
온몸의 구멍이 막힌 아이들을 낳았다. 한 아이는 항문과
질을 만드는 수술을 받았지만, 추가 수술이 필요했다. 그
아이의 엄마는 어느 나라든 내 아이를 실험 대상으로라도
삼아 수술해달라는 편지를 쓴다.

그 아이의 엄마는 사랑이 무섭다. 사랑 때문에 불행한
아이를 낳았다. 그는 남편의 키스를 받지 못한다.
벨라루스의 여자아이들은 '아이가 손가락이 없어도 아이를
사랑할 수 있을지' 또래끼리 이야기한다.

일상적인 문장이 힘을 잃는다. 신발을 신지 못한다는 문장은
림프종으로 부은 발이 땅을 디딜 수 없다는 의미다. 그래도
노래를 하고 그래도 사랑한다. 백혈병에 걸려 태어난 아이는
아버지에게 "그래도 사랑한다"고 말한다. 아버지의 탓이
아니라고.

말을 이을 수 없는 곳에서 말이 참 사무친다.

° 덜 부끄러우려면

용기를 내야 해

내가 가장 신경 쓰는 것은 한발 물러나 있는 사람들이다.
집회가 있던 날 타임라인에 광화문이 넘쳤다. 개중에 고요한
한 장의 사진이 있었다.

모두가 어딘가 다쳐서, 혹은 젖어서 떨며 광화문을 떠나고,
텅 빈 광장에 선 사람의 사진이었다. 그 텅 빈 공간을 담은
사진 속에서 나는 그 사람의 목소리를 느꼈다. 비명도,
고함도 아닌. 이 시대를 살아가는 한 사람으로서 자신의

눈앞에 펼쳐진 상황을 기록하고 싶어 하는 '한발 물러서 있는' 사람을 봤다.

이화여대 학생회는 역사 교과서 국정화에 반대하는 광고를 내면서 이런 문구를 썼다.

"현재의 목격자이자, 미래의 증언자가 되겠다."

전선에 서지 않더라도, 사람들은 누구나 이 시대의 목격자로서 오늘을 산다. 자신 앞의 현실을 직시하는 것은 쉽지 않은 일이다. 직시 후에 말을 꺼내는 것은 더 쉽지 않은 일이고, 그 후에 변화를 소리 높여 외치는 것은 더더욱 쉽지 않다. 그래도, 직시하고 기록하는 것부터 시작하면 된다. 우리는 목격자니까. 미래에 덜 부끄러우려면 오늘 더 용기를 내야 한다.

아버지의
이력서

"선배, 뭐 해?"

"응. 이력서 봐. 아버지 이력서."

늦저녁이었다. 수다나 떨까 해서 전화를 했더니, 그 시간에

선배는 아버지의 이력서를 보고 있었다.

선배 아버지는 수십 년을 일하고 은퇴하셨다. 은퇴 후 5년을

쉬니 퇴직 후 이력은 공란이 됐다. 아들은 야근을 끝내고

돌아와 아버지의 이력서를 다듬는다. 아버지의 문장은

꾸밈없고 거칠다.

아버지의 이력서를 다듬으며 선배는 아버지의 어린 시절과
아버지의 업, 그리고 앞으로의 그의 인생에 대해 생각했다.
선배는 자신의 인생에 대해서도 다시 한 번 생각했다.
아들과 아버지가 함께 이력서를 쓰는 날. 내가 맞닥뜨리고
있는 건 이런 복잡한 풍경이다.

나의 부모 세대는 자식에게 많은 걸 쏟았다. 애들 기르느라
번 돈을 다 썼다. 30년 청춘 농사를 끝냈더니 노후까지 또
30년 농사가 남았다. 그 어려움을 보고 듣는다. 수십 년 해온
일과 상관없이 택배 배달을 시작하고, 자격증 시험을
준비하는 아버지, 어머니 들.

예전부터 나는 머뭇거림 없이 내가 좋아하는 일에 뛰어들
것이라 생각했다. 단순히 불안이 우리의 발목을 잡는
것이라면 스스로 확신을 만들면 된다고 여겼다. 그런데
다가가보니 그건 단순한 불안이 아니라 복잡한 불안이었다.
확신만으로 해결할 수 있는 건 없다.

어린이날이 지났다. 한 언론에서 아동 학대 이야기를
특집으로 다뤘다. 방치되고 맞고 죽음에 이르는 아이들.

스물셋의 청년은 어릴 적 누나를 잃었다. 그의 누나는 집
마당에 5개월간 묻혀 있었다. 부검 결과, 아이의 속은 텅
비어 있었다. 굶긴 흔적이었다. 아이는 냉동고에 있던
아이스크림을 몰래 꺼내 먹으려다 엄마에게 호되게 매를
맞았다. 동생은 누나를 도우려 했고 그 벌로 엄마는 아이의

등을 다리미로 지졌다. 그는 그 집을 탈출했다. 죽은 누나는 동생의 꿈에 자주 나타났다. 동생은 오랜 치료 끝에 꿈에서 누나에게 미안하단 말을 건넸다.

그는 이제 스물셋. 편의점에서 아르바이트를 한다. 자주 오는 단골손님 중에 웃긴 사람이 하나 있다고 이야기한다. 그의 꿈은 좋은 아빠다. 좋은 아빠. 아이의 이야기를 들어주는 좋은 아빠.

나는 어린이날, 가족끼리 외식을 갔다. 고깃집엔 사람이 바글바글했다. 대기 명단에 이름을 올려두었는데 앞에 일곱 팀이 기다리고 있었다.

가게 안에는 아이보다 노인이 많았다. 고깃집 앞에는 후식으로 커피와 아이스크림을 먹을 수 있는 곳이 있었다. 아이스크림 박스 앞에 애들이 둥그렇게 줄을 섰다. 까치발을 하고 자기 몫의 콘에 아이스크림이 얼마나 담기는지를 보고 있었다. 아이스크림 박스 앞에서 할머니 한 분이 분투

중이셨다. 손힘이 없어서인지 할머니가 아이들 손에 들린
고깔 모양의 콘에 퍼준 아이스크림은 푸다 만 듯한
양이었다. 애들의 볼멘소리를 들으면서도 할머니는
안간힘을 쓰며 초코 아이스크림을 풀 수밖에 없었다.

짧은 머리에 모자를 뒤로 눌러쓴 이상한 언니가 신기했는지,
여자애 몇이 내 앞을 얼쩡거렸다. 양 갈래로 예쁘게 땋은 그
애들의 머리를 보니, 사랑받는 애들은 티가 난다는 생각이
들었다. '엄마가 가는 빗으로 삐죽한 잔머리들까지 말끔히
정리해주었네.' 속으로 그런 생각을 하며 아이스크림을
핥았다. 달달하고 씁쓸했다.

° 학교에서
배운 것

동생이 학교에서 심한 체벌을 받아 병원에 입원했을 때
고소하러 경찰서에 간 적이 있다. 우선 민원실로 가 접수를
했다. 경위서를 작성하고 벤치에 앉아 있는데 나이 든
부부가 접수처의 경찰을 붙들고 알아듣기 힘든 하소연을
하고 있었다. 아들이 뭘 어쨌다나. 자세히 들어보니 아들이
부부를 때린다고 했다.

아버지는 뒷짐을 지고 고개를 돌리고 있었고 어머니는 뭐라

논리정연하게 하소연할 정신이 없어 보였다. 부부의

아들에겐 장애가 있다고 했다. 접수처 직원은 혼자 상황을

수습하지 못하겠는지 다른 직원을 불렀다. 그 다른 직원은,

그래서 아들을 격리시키길 바라시는 거냐고 물었다.

어머니는, 그게 아니라 내가 감당이 안 된다고 말했다. 그

직원이 재차 질문하는 소리가 들렸다. 저희가 도와드릴 수

있는 건 격리시키거나 하는 건데, 그걸 바라는 건

아니시고요? 어머니는 착잡한 표정이 되었고 아버지는

여전히 먼 곳만 봤다. 경찰은 안에 들어와서 자세히 말씀

나누자며 부부를 데려갔다.

내 차례가 되어 나는 삐뚤빼뚤한 손글씨로 쓴 경위서를

내밀었다. 경위서 중간쯤에 네다섯 줄로 요약한 사건 내용이

있었다. 동생은 숙제를 안 했고 그 잘못으로 벌을 받았다, 그

벌이 앉았다 일어서기를 800번, 정해진 시간 내에 하는

것이었고 그 탓에 근육이 괴사했다, 고등학교 2학년 이

남학생은 그래서 세브란스 신장내과에서 수액을 맞고 하루

종일 누워 있었다. 이렇게 적고나니 누구에게 굳이 되풀이해

설명할 필요도 없는, 여러 번 들어봐서 익숙한, 별것 아닌
폭력일 뿐이었다.

고등학교 때 쇠자로 발바닥을 맞아봤다거나 오리걸음으로
학교 운동장을 열 바퀴 돌았다거나, 그런 얘기를 못 들어본
사람은 아마 한국에서 어린 시절을 보내지 않은 사람일
것이다. 그런 폭력에도 나는 개기고 살아남았다는 무용담은
일상적이지만, 그런 내용이 쓰여진 고소장은 흔치 않을 뿐.
폭력을 견디고 조용히 살아남기, 학교는 보통 그런 걸
가르치기 때문이다.

나는 학교의 일상화된 폭력에 취약한 사람이었다. 질려서
자퇴를 했다. 원래 그런 일은 거창한 계기로 터지는 것이
아니라 아주 작은 일이 도화선이 되어 터진다. '왜 이래야
하냐'고 묻자마자 '넌 왜 유별나냐'는 질문으로 나는 두들겨
맞았다.

학교를 나오고 나는 아이러니하게도 다시 주류 질서 속으로

들어가기 위해 몸부림쳐야 했다. 코를 박고 시간을 분 단위로 쓰며 문제집이 몇 장 넘어갔나를 기준으로 하루를 살았다. 가혹한 말들을 매일 되뇌었다.

'너는 지금 죽도록 공부하지 않으면 인생의 패배자가 될 거야. 너는 세상으로부터 떨어져나갈 거야. 모두들 그렇게 말하잖아. 너는 부적응자가 되는 거야. 네 신념을 증명하려면 네 능력부터 증명해야 돼. 왜냐면 말할 자격이 있는 사람은 따로 있으니까.'

그렇게 한 2년 정도 공부를 하고나니 다시 주류 질서로 들어왔다고 칭찬받을 만한 학교에 들어갔다. 내가 그때 얻은 것은 꾸역꾸역 살아내는 경험이었다. 나는 내가 그토록 싫어했던 폭력의 질서를 그대로 내 안에서 외움으로써 살아남았다.

대학에 들어와서 1, 2년은 대놓고 한량처럼 살았는데 그 와중에 항상 고민했던 것은 '나를 학대하지 않고 협박하지

않고, 어떻게 능력 있는 사람이 될 수 있는가'였다. 솔직히
말하면, 나는 스스로를 다그치지 않으면서도 발전하는
방법을 배운 적도, 경험한 적도 없었다. 큰 성공엔 큰 고통이
따르는 법인데 그 고통은 보통 세상에서 내쳐질 것이라는
자기 협박에서 기인한 것이다.

'견디고 살아남으라.'
'내일 행복하려면 지금 불행하라.'
그런 말을 스스로에게 건네지 않고, 다른 사람에게도 건네지
않고
소소하게 지금을 잘 살아가고 싶다.
그런 사회라면 좋겠다.

˚ 오프라인

'띠론.'

카카오톡이 울린다. 배터리가 간당간당한데 단체 카톡방 호출이다. 마음이 불안해진다. 충전기 콘센트를 찾아 이 카페 저 카페를 헤맨다.

시도 때도 없이 알람이 울린다. 피로감이 어마어마하다. 이제 사람들은 때와 장소를 가리지 않고 연결된다. 이제 '직장 상사'도, '일 시키는 선배'도, '심부름 시키는 오빠'도,

시도 때도 없이 항상 연결되어 있다.

스마트폰에 먼저 손대지 않는 사람이 이기는 게임이 있다.
다들 들었다 놨다 들었다 놨다 안절부절못하니까 만나서
얘기할 때만이라도 스마트폰에 손대지 말라고 만든
게임이다. 스마트폰에 먼저 손대는 루저는 스마트폰
중독자일 수도 있지만, 아닐 수도 있다. 알람에 반응하지
않으면 안 되는 불쌍한 처지의 '을'도 그 게임에서 루저가 될
가능성이 높기 때문이다.

남의 오프라인 생활을 온라인상에서 조종할 수 있는 것,
그것도 권력의 특성이다.

비행기
모드

나는 연애 상담에 재능이 없다. 그중에도 가장 재능이 없는 분야는 '썸'에 대한 상담이다.

친구는 썸을 타는 중이다. 분 단위로 메시지를 확인한다. 〈가족 오락관〉에서 초시계가 달린 폭탄을 주고받듯이 메시지를 주고받는다. 관계에 긴장감을 주고 싶을 때는 일부러 늦게 답장을 한다. 상대방이 애가 끓도록 때를 기다리는 것이다. 나는 참 대단한 정성이라고 생각했다.

하지만 상대방의 메시지가 너무 궁금하다면?

안 열어보고는 못 배기겠다면?

상대가 애가 끓도록 하려다가 내 애가 다 닳는다면?

"비행기 모드로 바꾸고 읽으면 '1'이 안 없어져."

어렵다. 스마트한 이 시대.

겪어본 적도 없는 삐삐의 시대가 그립다.

°   페친

정리

페친 정리를 결심했다. 친구 목록을 쭉 내려 읽으면서
기준을 정했다.

첫째, 오프라인에서 만나서 '제가 당신 타임라인에서
이러이러한 당신 소식을 들었어요'라고 말하면 어색해질 것
같은 사람.

둘째, 1년 동안 직접 대화를 나눈 적이 없고 앞으로 1년도

대화를 나눌 일이 없을 것 같은 사람.

첫째 원칙은 SNS를 하면서 느끼는 '엿보기'의 희열을
배제하고 싶어서 세웠다. 내가 당신을 보고 있고, 당신도
나를 보고 있겠구나 하는 사실을 자각하더라도 서로
께름칙하지 않았으면 한다. 쉬워 보이지만 꽤 까다로운
원칙이다.

둘째 원칙을 적용하니 동문, 동창이 우수수 사라졌다.
동창회에서 만나면 다시 페친이 될 수 있는 사람도
있겠지만, '만약을 위해 남겨둘까' 하는 인간관계는
정리하고 싶었다.

중간에 세 번째 원칙도 적용했다. 차별적이고 편파적인
페이지에 '좋아요'를 누르는 사람은 안녕.

그렇게 반 이상의 페친을 정리하고나니 놀랍게도 실제로
만난 적이 없는 사람들이 꽤 많이 친구로 남았고, 오히려

지연, 학연으로 얽혀 있던 인연들이 많이 떨어져나갔다.
취향과 일상을 공유하는 네트워크를 중심으로 친구 관계가
재편되었다.

과거에 어떤 연이 있었다고 지금도 계속 가까운 사이가 될
수 있을까? 나는 그때의 내가 아니고 너도 그때의 네가
아니다. 게다가 오프라인에서 관계를 맺는 방식과
온라인에서 관계를 맺는 방식은 다르다.

친구의

사랑

여고를 나왔다. 학교는 가파른 언덕 위에 있었고, 우리는
남색 교복 치맛단 아래 종아리 알통을 나날이 살찌웠다.
4교시가 끝날 때쯤이면 책상 열 사이로 다리를 내밀고
급식차로 뛰어갈 준비를 했다. 밥을 먹고 삼삼오오 학교
산책로로 나가 수다를 떨었다. 다시 교실로 돌아오는 길엔
매점에 들러 비스마르크 빵을 사서 주머니에 꽂았다. 수업
시간에 자다 깨면 침을 닦고 봉지를 까서 빵을 입에 물었다.
입가에 허연 설탕 가루를 묻히며 빵을 뜯어 먹다가 다시 코

잠들던 평화로운 학창 시절. 다정한 짝꿍은 무릎 담요를
등에 덮어주었다. 국사 선생님이 휩쓸고 간 5교시 후 교실은
분홍, 파랑의 무릎 담요가 봉분처럼 봉긋봉긋 솟았다.
누워서 자는 것보다 엎드려 자는 게 더 편했던 여고 시절.
시답잖은 일에 함께 깔깔대고 함께 살쪄가던 여고 동창들
속에 친구 A도 있었다.

"얘들아, 내 여자 친구야."

어느 날 친구 A는 자기 여자 친구를 소개해줬다. A의
생일날, 학교로 A의 여자 친구가 찾아왔다. 고깔모자를 쓰고
케이크를 든 채 뒷문 앞에 서 있었다. A는 초를 껐고, 함께
있던 친구들은 요란스럽게 축하를 건넸다. 그게 이상하지
않았다. 좋아하는 사람이라며 서로 아껴주고 애틋하게
케이크를 준비한 그 모습이, 전혀 이상하질 않았다. 내가 서
있는 동심원 안은 그랬다. 함께 그 애를 축하해주던 친구들
덕이 컸을 것이다. 사랑을 사랑으로 축하를 축하로 바라볼
수 있었던 것은 그걸 함께 포용하던 친구들 덕분이었다.

그땐 어렴풋하게만 느꼈다. A의 연애가 내 연애와 얼마나 다른지. 그 무게가 얼마나 되는지.

내가 나이가 드는 만큼 내 주변의 친구들도 나이가 들었다. 대학생의 연애는 고등학생의 연애와 달랐고, 따라서 내 연애가 달라졌듯 그들의 연애도 달라졌다. 열아홉 이후의 삶엔 더 많은 '일반'의 사람들이 있었다. 그 사람들이 당연하게 여기는 룰에 친구의 사랑은 없었다.

어느 날엔 술자리에서 그는 어느 남자와 엮여 "사귀어라!" 하는 구호를 들었다. 그가 어떤 표정을 지었을지 나는 알지 못한다. 그는 커플링을 우정 반지라고 둘러댄 적이 여러 번이었을 것이며, 소개팅 자리를 매번 거절하는 것도 고역이었을 것이다. 그렇게 시간이 지나면서 한편의 그들은 음지로 숨었고, 한편은 오히려 양지로(그게 양지라고 할 수 있다면) 나왔다.

"대체 어딜 가야 애인이란 걸 만들 수 있지?"

"그러게 말이다."

이런 고민은 우리 모두 똑같았다. 좋아해도 말 못하는 심정,
스킨십을 언제 어떻게 하면 좋을지 모르겠는 것, 애인이
술을 너무 많이 먹는 것, 혹은 너무 집착하는 것,
모두 똑같은 고민거리였다.

그러나 가끔 서로 온전히 나눌 수 없는 고민들도 있었다.

"남자 친구가 군대에 갔어."
"나 생리가 늦어져서 불안해."
"나 아웃팅을 당했어."
"내 여자 친구가 남자를 사귀고 싶대."
"엄마한테 말했어. 동생에게도 커밍아웃했어."

우리는 서로의 이야기를 가만히 들어주었다. 온전히 이해할
수 없어도 나는 그를 가만히 안아주었다. 그도 친구인 나의
감정을 그렇게 이해하려 애쓰며 껴안아준 적이 있다. 우리는

그런 사이였다. 그럼에도 내가 그를 이해하지 못하는 부분은 존재했다. 왜 사랑하는 사람이 있는데 평생 혼자 살 계획을 하는지, 또 왜 그러면서 커플 아이템은 꼭꼭 챙기는지, 알 것 같다가도 알 수 없었다.

'옷장에서 나온다'는 커밍아웃의 에두른 말도 곁에서 그 과정을 지켜보고서야 겨우 속뜻을 이해했다. 커밍아웃은 짠 하고나면 끝나는 것이 아니라 연속되는 하나의 과정이었다. 그는 '왜?'라는 질문에 수없이 답해야 했다.

"여자가 좋아."

이렇게 얘기하면 어떤 사람들은 "그렇구나" 하고 있는 그대로 수긍했지만, 어떤 사람들은 질문을 참지 못했다. 정말 여자가 좋냐, 남자를 겪어본 적이 없어서 그런 건 아니냐, 추궁했다. 남자가 싫다고 한 적도 없는, 남자로 인한 트라우마도 없는 내 친구는, 내 친구의 친구들은, 왜 남자와 사귀지 않는지에 대해 설명해야 했다. 남들이 받지 않는 질문을 계속 받아야 했다.

자신은 받아본 적도 없는 질문을 다른 사람에게는 태연하게
할 수 있다는 것, 그것 자체가 권력 행사임을 그런 질문을
하는 사람들은 모른다. 내 친구는 그런 질문을 받아야 하는
사람이었고, 그의 연애의 무게는 곧 존재의 무게였다.

° 상실에

대하여

교수님은 가라앉은 목소리로, 신해철 이야기를 꺼냈다.
"제가 여러분 나이 때 그의 노래를 들었죠."
그는 신해철의 노래와 함께한 삶 곳곳에 책갈피가 꽂혀
있다고 말하고는, 다시 수업을 시작했다.

서른 줄의 한 지인은 신해철의 부고를 듣고 글 하나를
남겼다. 신해철을 떠올리면 산꼭대기 작은 반지하방에 누워
있던 자신이 생각난다고. 소설가가 되겠다고 집을 나왔던

그였다. 작업실로 마련한 곳이 반지하방이었고, 그 방은
그가 빠질 수 있는 가장 깊고 어두운 수렁이었다. 그는
그곳에서 소설을 썼다. 끝나지 않는 글을 붙들고 수일을
제대로 자지도 제대로 눈뜨지도 못하던 나날. 그 방에 누워
그는 〈민물장어의 꿈〉을 들었다.

"좁고 좁은 저 문으로 들어가는 길은
나를 깎고 잘라서 스스로 작아지는 것뿐……"

1년 후, 그는 그 반지하방을 나와 영수증을 만드는 회사에
취직했다. 와이셔츠를 입고 넥타이를 매고 출근을 했다.
반지하방으론 다시 돌아가지 않았다. 그는 행정과 회계 일을
담당했다. 지금 그는 다시 직장을 때려치우고 반은
직장인으로 반은 소설가로 살아간다. 그에게 신해철은
2009년의 반지하방에서의 자신을 노래해준 사람이었다.

1년째 취업을 준비하고 있는 친구 하나는 얼마 전 오랜만에
정장을 꺼내 입었다. 그는 어색한 정장 차림으로 신해철의

빈소에 갔다. 아마 빈소 안에는 그가 아는 얼굴 하나 없었을
거다. 그는 익숙하고 또 낯선 영정 앞에서 죽음을 생각했다.
그건 일종의 의식 같은 것이었다. 자신의 학창 시절, 새벽
시간을 함께해준 한 사람을 보내는 혼자만의 의식.

상실의 의식. 누군가를 잘 잃는 것은 또 얼마나 어려운
일인지. 충분히 슬퍼하고 충분히 아파하고, 또 기억하며,
남은 사람들이 함께 이야기를 나누는 그 모든 시간. 그
시간을 지나지 않고서는 누군가를 잃고서도 묻을 수가 없다.
누군가를 온전히 보내지 못한 사람은 상실의 시간 안에
갇힌다.

어떤 소설이었을까. 이런 이야기가 있다. 중년의 여자가
남편을 잃었다. 이웃집 여자는 가끔 그 여자의 집에 들러
설거지를 해주고, 방을 쓸고 닦아준다. 이웃집 여자는 어느
날 자신의 딸에게 이런 질문을 받는다.

-엄마, 왜 저 아줌마는 설거지도 안 하고 집에 가만히만

있어요?

-응. 사람이 너무 많이 슬프면 설거지를 하고, 화분에 물을
주고, 머리를 빗고 그런 게 다 힘들 때가 있어.

이웃집 여자는 그렇게 말하고 딸아이의 머리를 쓰다듬는다.
누군가를 잃고 슬퍼하는 여자를 위해 이웃집 여자는 그저
함께 있어줄 뿐이다. 웃고, 농담하고, 집 안을 정리하고,
머리를 빗고, 새 화분을 들이는, 삶을 이어나가는 데 필요한
그런 사소한 일들을 여자가 다시 할 수 있을 때까지. 아이는
엄마에게서 슬픔에 빠진 사람을 보듬는 법을 배웠을 것이다.
상실의 시간을 함께 견뎌준 이웃이 있어, 그 중년의 여자는
어느 날 아침 비로소 단정하게 머리를 빗어 넘겼을 것이다.
그렇게 사람은 다시 살아간다.

° 목숨길
——————

삶에서 죽음이 이렇게 가까웠나, 한 뼘 손을 뻗어
목덜미께를 짚어본다. 한 뼘 더 아래, 가슴으로 손을
뻗어본다. 숨이 들었다 날 때마다 가슴이 오르락내리락한다.

어린아이의 숨길은 배꼽에서 시작해 정수리까지 트여
있다고 한다. 아기의 울음소리가 윗집 아랫집까지 닿는 것은
그렇게 숨길이 길기 때문이라고, 나이가 들수록 숨길이
시작되는 곳이 점점 위로 올라와 가슴께까지, 나중에는

목덜미까지 올라온다고 한다. 그렇게 숨길이 짧아지면
'흡흡' 하다가 숨을 잃는다고, 그게 목숨이 끊어지는 거라고
할머니는 설명해주셨더랬다.

길었던 숨길이 한 뼘 한 뼘 줄어드는 시간이, 인생.

빈둥대는 삶에
대하여

일본에서 유명한 니트족 한 사람이 있다. 'Pha'라는
사람인데 교토대를 나와 평범한 직장인으로 살다가 어느 날
회사를 때려치웠다.
'일을 하지 않고는 살 수 없는 걸까?'
항상 그렇게 빈둥댈 궁리만 하다가 본격적으로 빈둥대기로
결심하고 니트족이 되었다. 인터넷만 있으면 어떻게든 살 수
있다고 생각했고, 실제로 그는 그의 믿음대로 아직까지 굶어
죽지 않고 살고 있다.

트위터와 블로그에 끊임없이 '빈둥거리고 싶어요'라고
말하며 잘 빈둥거릴 궁리만 하는 그의 새로운 사고방식이
희한해 다들 그를 구경하러 왔다. 다들 꾹 참고 있는
'피곤하다'는 소리를 대놓고 하고, '일하기 싫다'며 한가하게
재밌는 일만 찾는 인간을 다들 루저라고 손가락질할 줄
알았더니, 오히려 사람들이 그를 찾아와 이야기를 들었다.
너는 어떻게 사니. 어떻게 생각하니. 어떻게 노니. 다들
궁금한 게 한 보따리. '일하기 위해서 사는 건 아니잖아?' 코
후비며 꺼내놨을 것 같은 이 묘한 '긍정'의 이야기에
사람들은 매혹되었다.

그래서 그는 책도 냈다. 『빈둥빈둥 당당하게 니트족으로
사는 법』이라고, 한국어판으로도 나와 있다. 누군가에게 잘
빌붙어 살기 위해선 요리 기술을 연마하라고 말하고, 자기
재능은 '시간을 죽이는 재능'이라고 말하기도 한다. 그는
이런 자기 생활의 일부를 전시해서 '콘텐츠'로 팔아
인터넷에서 소소한 수입을 얻기도 한다. 5만 원을 가지고

사과 한 박스를 사는 것보다 니트족에게 5만 원을 주고
어떻게 쓰는지 보는 게 더 재밌다고 생각하는 사람들이 있기
때문에 가능한 일이다.

기사를 봤다. 우리나라에도 니트족이 늘어난다고, 이를
어쩌냐고 걱정하는 기사였다. 우울한 사진을 군데군데 콱콱
박아놓았다. 나 또한 미간을 찌푸리며 잠시 '이를 어쩌나'
생각했다. 그랬다가 다시 미간의 주름을 풀었는데, 저 통계
어디쯤에 내 지인들이 있을까 헤아려보니 저절로 힘이
빠졌다.

출퇴근 시간에 서울에서 지하철을 타면 허공에 말풍선이
뜬다.
'지쳤어.'
화이트칼라든 배낭 멘 알바생이든 고단한 얼굴 위로 이런
말풍선이 뜨는 건 마찬가지다. 나이 지긋하신 아저씨들은
말풍선 띄울 여력도 없이 꿈나라에 가 있다. 백팩을 멘
대학생들도 이어지는 환승 구간을 통과해 넥타이에 목

졸리는 삶에 올라타겠지. 이런 열차에 타려고 우리는 이렇게 아등바등 삶을 갖다 바치는가.

열심히 알바를 해보려 해도 시급을 후려치고, 좋은 비서가 되겠다고 새벽 4시부터 출근해 밤 8시까지 일해도 피만 빨아먹히고 2년 후엔 당연한 듯 계약을 해지당하는 삶. 피땀 흘려 일해봤자 어차피 월급은 거기서 거기라면? 렙업한다고 아무리 삽질해도 두 시간마다 리셋되는 게임이라면?

 '열심히 했으나 이제는 지쳤습니다.'
편지 한 장 남기고 '퇴장'을 누르고 싶어질 수 있지 않나.
길이 많지 않다. 죽거나, 다르게 살거나.

다르게 살 길을 열려면 이링공뎌링공 살아도 '굶어 죽진 않는다'는 낙관 혹은 배짱 또는 확신이 있어야 한다.
당연히 모두가 Pha처럼 살 수도 없고, 살 리도 없겠지만 이것도 그냥 하나의 삶이다. 게다가 삶을 부정하는 것이 아니라 긍정하는 방향이다. 그는 당당하게 빈둥거리기를

택했고, 죽도록 일하는 삶의 사이클에서 벗어났다. 가난한 채로 살아가는 방법을 찾아 나섰고, 고독한 채로 사람들과 함께하는 방법 또한 찾고 있다.

절망을 비틀어 생각하면 또 그럭저럭 새로운 질서를 만들 수 있다.

° 지하철

2호선

2호선을 탔다. 기분이 이상하다. 18일엔 강남역에 갔다.
10번 출구 앞엔 몇 송이 꽃과 포스트잇 스무 장 정도가 붙어
있었다.

사람들은 말없이 떨어지는 포스트잇들을 주웠다. 몇몇이
제각기 손에 테이프를 들고 바람에 떨어진 것들을 다시
붙였다. 일행도 아니었다. 한 명을 붙잡고 물었다. 어떻게
이곳에 오게 되었냐고. 그는 트위터에서 소식을 봤다고

했다. 사람들이 붙인 추모의 포스트잇이 바람에 떨어지고
있다고 해서 테이프를 사 들고 혼자 강남까지 왔다고.
그곳에 있었던 글귀 하나가 머릿속을 떠나지 않는다.

'너는 나야. 그 자리에 내가 있었다면 네가 아니라 내가 죽을
수도 있었어.'

또 2호선을 탄다. 스크린도어가 열린다. 구의역에 열차가
선다. 그 역에는 승강장 바닥에 주저앉아 있는 사람들이
있다. 열아홉의 스크린도어 수리공이 죽었다. 2인 1조로
근무를 나가야 했지만 그러지 못했다. 뒤에서 열차가 오는지
봐줄 사람이 없었다.
하얀 꽃이 놓였다. 죽은 수리공의 어머니가 그 앞에 찾아와
눈물을 흘리며 기자회견을 한다. 유리 위에 포스트잇 수십
장이 붙는다.

너의 죽음은 '네 잘못이 아니야'.

길고 지난한, 거대한 장례식을 치르고 있는 느낌이다. 색을
바꿔가며 수많은 추모의 리본이 생겨난다. 사람들의
페이스북 프로필이 때마다 바뀐다. 노란 리본에서 보라색,
붉은색 리본으로. 추모의 메시지들. 너는 나일 수도
있었다고, 너의 죽음은 네 잘못이 아니라고, 사람들이 '말을
하기 시작'했다. 우리는 안다. 내가 그 자리에 있을 수도
있었다는 걸 몸으로 마음으로 절절히 느낀다. 누군가의 영정
사진을 보며, 리본을 두른 거울을 보는 것 같은 마음.

'나'의 자리에서 온전히 '너'에게 나를 대입할 수 있다는 것.
이런 추모가 전 사회적인 공감을 일으킨다는 것, 이것은
징후다. 이 사회의 곪은 부분을 알고 치유하려는 자기 면역
체계의 작동. 문제는 이러한 움직임을 바탕으로 갈등 상황을
치유해야 하는 주체들이 제 역할을 못하고 있는 것이다.
목소리는 이미 있었다. 스크린도어 사고로 숨진 김 군은
주말이면 서울 메트로 앞에서 고용 불안에 항의하는 피켓
시위를 했다. 여성혐오가 만연한 현실에 대해 지난해 언론은
기사를 쏟아냈다. 그리고 서초동 노래방 살인 사건이

있었다. 그러나 이런 아우성에 대한 응답은 무엇이었나.

추모와 아우성. 이런 경험들 후에 우리에게 남는 건 무엇이
될까 궁금하다. 결국 아무것도 해결되지 않는다는 허무함이
남을까. 혹은 목소리를 내면 변하는 것이 있다는 신뢰가
남을까.

2호선을 또 탔다. 홍익대에 전시된 일베 관련 조형물을
어젯밤, 누군가 부쉈다고 한다. 강남역 추모 현장에 갔던
지인은 요즘 일베에 열심히 들어간다. 추모 현장에서 찍힌
자신의 사진이 일베에 올라왔고, 거기 계속 온갖 댓글이
달린다는 것을 알기 때문이다. 그 모욕의 증거를 모으기
위해 일베에 들어간다.
아, 요즘은 자꾸 2호선을 탄다. 이 순환선은 어디로 갈까.
다시 제자리로 돌아올까.

° 9학기

대학생

8학기가 정규 이수 학기인 대학에서는 9학기 이상을 '초과
학기' 또는 '추가 학기'라고 부른다. 학점이 부족해서 추가
학기를 다니는 경우도 있고, 학적을 유지하는 것이 여러모로
이득이기에 추가 학기를 선택하기도 한다. '여러모로 이득'
중 제일은 시간을 벌 수 있다는 것. 시간을 벌어 취업을
준비하고, 이 학교를 안전하게 탈출할 방법을 궁리한다.
아무 준비도 없이 절벽으로 뛰어내릴 수는 없기 때문에
장비를 준비한다. 엉덩이를 딱 붙이고 앉아 '생존'을

고민한다. 스터디를 짜고, 시험 상황을 시뮬레이션하고,
'자격'을 얻기 위해 지식을 주입한다.

열람실에 가만히 앉아 있으면 부유하는 느낌이 든다.
바탕체로 된 수험서의 지식은 의미를 잃고 시계의 초침
소리가 커진다. 불안은 일상적인 감정이라, 티 나게
절망하는 친구는 아무도 없다. 각자의 칸막이 안에서
스스로의 공부를 해내고, 스스로의 절망을 견뎌낸다. 이것은
누구나 견뎌야 하는 시간일까. 성장을 위해 고치 속에
들어앉은 애벌레라고 스스로를 위안해도 될까. 그런 의문이
부침을 반복한다.

대학 생활 9학기쯤에 맞이하는 그 녀석을 '사춘기'라 부르긴
좀 민망하다. '오춘기' 정도로 타협할 수 있을까. 도덕
교과서는 청소년기에 찾아오는 고민에만 이름을 붙여줬다.
질풍노도의 시기는 한 번만 오는 것이 아니라고 왜 아무도
말해주지 않았을까.

종이접기

아저씨

어릴 때부터 난 손재주가 별로 없었다. 종이접기를 따라
하려고 해도 잘 안 될 때가 많았다. 종이로 동그란 공을 접던
것이 생각난다. 나는 이차원의 평면이 삼차원으로 둥그렇게
부풀어 오르는 광경이 신기했다. 차근차근 접기 단계를
따라가질 못해서, 접다 만 종이를 들고 벙쪄 있었다. 공이
되지 못한 종이는 그냥 여러 번 구긴 쓰레기 같았다. 접다
망친 색종이를 던져버리고 선생님한테 떼를 썼던 기억이
난다. 그럼 선생님은 그 종이로 마법처럼 공을 완성했고, 그

공은 내 차지였다.

'종이접기 아저씨'는 잊고 지낸 지 오래다. 내가 종이접기
아저씨 김영만을 기억하고 있었다는 것도 그가 거의 20년
만에 인터넷 방송에 나오고야 깨달았다. 얼마 전 한 인터넷
생방송에 김영만 아저씨가 출연했다. 88년도부터 KBS 1TV
〈TV 유치원 하나둘셋〉에서 종이컵에 눈알을 달아 괴물을
만들어주던 그 아저씨. 그 아저씨는 세월이 흘러 눈이 좀
작아진 할아버지가 되었다.

난 모니터 앞에 앉아 있었다. 늦은 시간 집 앞 슈퍼에서 산
맥주 두 캔과 감자칩 하나가 담긴 비닐봉투를 달랑달랑 들고
들어와 노트북 앞에 쭈그리고 앉은 것이다. 잡다한 소식들을
훑어보다가 색종이를 든 아저씨의 사진을 봤다. "우리
친구들, 이제는 어른이죠?" 색종이로 만든 모자를 쓰고 웃는
이 아저씨가 얼마나 반가웠는지 모른다.

나는 늙었다. 어른이 되었다. 이제 종이접기를 하더라도

색종이가 아니라 포스트잇을, A4 용지를 들고 와야 할 것
같다.

요구르트가 아니라 맥주를 들고, 티브이가 아니라 노트북
앞에 앉은 나. 아저씨는 그 긴 세월 동안 작아진 눈 말고는
별로 달라진 것도 없어 보였다. 풀 뚜껑을 꼼꼼히 닫고 "잘할
수 있을 거야"라고 친구들을 격려하는 모습까지. 아저씨가
그 자리에서 20년 동안 계속 종이를 접어왔다고 생각하니
나도 모르게 눈물이 났다. 그 와중에 아저씨는 종이접기로
얼마나 벌까도 잠깐 생각하긴 했다. 나이 먹으면 남의 지갑
사정에 관심이 많아진다더니 그 말이 진짜인가 보다.

오늘 저녁에 이 종이접기로 얼마나 많은 어른들이
행복해하고 있을까, 생각하니 미소가 번졌다. 사소한 행복이
사실 전부다. 교과서에 있는 위인 얼굴마다 수염을 그려
넣고 놀 때가 행복했다. 옆자리에서 선생님을 주인공으로
소설을 쓰던 친구도 떠올랐다. 물풀로 거미줄을 만들고 논
것도 생각났다. 나는 그 사소한 순간들을 선명하게

기억한다. 공책을 '깜지'로 만들면서 외웠던 조선 시대
정치제도는 거의 다 잊었다. '사소함'과 '쓸모없음'이 오히려
더 오래, 깊이 간직될 수 있단 걸 김영만 아저씨는 말해주는
것 같다.

어른이 되어도 여전히 그런 순간이 필요하다. 요새 약속을
잡을 때마다 "미안, 야근이 생겼어"라고 A양은
문자메시지로 운다. A양의 인스타그램엔 얼마 전부터
컬러링북 사진이 올라오기 시작했다. 컬러링북이라고 쓰고
색칠 공부 책이라고 읽는다. 어른이 되면 근사하게 말하는
능력만 는다. 무언가에 심하게 빠져 있는 사람을 '덕후'라고
한다. 나는 20년째 종이에 풀을 바르고 있는 김영만
아저씨를 보면서 생각했다. '여기, 행복한 덕후가 있구나.'
나는 그 덕후 바이러스가 더 멀리, 많이 퍼졌으면 좋겠다.
뭐든 좋다. 색칠 공부도 좋고, 종이접기도 좋다. 냅킨으로
접은 학이 더 많은 카페 테이블에 오르면 좋겠다.
포스트잇으로 접은 배가 더 많은 책상에 띄워지면 좋겠다.
세상이 한 뼘 더 행복해질 것 같은 기분이다.

내겐 아직, 심야 식당은 필요 없다. 어설픈 위로보단 소소한 행복으로 내 삶을 채우는 방식을 더 받아들이고 싶다.

퍽퍽한 삶 곳곳에 소소한 행복이 뿌려지길 바란다. 내 친구는 그걸 '밤빵에서 밤을 찾는 일'이라고 비유했다. 밤이 가득할 줄 알았는데 퍽퍽한 빵이 더 많다. 그래도 그 안에서 밤을 찾아 먹는 게 꽤나 재밌는 일이다. 묵묵한 위로를 주는 마스터보다, 함께 덕질할 색종이 아저씨가 더 반갑다.

색종이 아저씨는 우리에게 이렇게 말했다.

"어린이 친구들, 이제 어른이죠? 어른이 됐으니 이제 잘할 거예요. 잘 안 되면 어머니께 도와달라고 하세요."

쉰이 넘은 우리 엄마랑 함께 종이접기를 하고 싶다. 밤빵 같은 우리 삶에 콕콕 밤을 박는다는 심정으로.

° 오늘을
산다

집에 갈까. 사무실에 갈까.

고민하다 그냥 오는 버스를 탔다. 버스 안 에어컨이
시원해서 좋았고 아직도 해가 지지 않았다니 기뻤다.

버스가 서니까 그제야 혼란했던 마음이 가라앉았다.
주말에도 기어코 사무실에 오고서야 마음에 놓이다니 나는
불행한 사람인가 행복한 사람인가.

너에게 쓴 편지

오늘 서울은 맑았어? 오키나와는 하루 종일 날이 흐렸어.
오후부터 먹구름이 끼더니 비가 엄청 많이 왔어. 오키나와
바다는 있잖아, 그 푸르고 투명한 에메랄드 빛깔이라 바닷속
바위들까지 어른어른 비쳤어. 분명 수심은 깊을 텐데 바닷속
것들까지 빤히 비치니 마치 계곡물처럼 그 바다를 성큼
걸어서 건널 수 있을 것 같았어. 발을 넣고 장난쳐야 할 것
같은 그런 바다였어. 오키나와에는 산호가 되게 많대.
오늘은 버스 투어를 했는데, 창밖으로 바다가 보일 때

가이드가 말했어. 산호가 700종이나 있는, 손에 꼽히는
산호섬이 이 오키나와라고.

가이드는 딱 일본 잡지에 나오는 여자처럼 두 볼엔 블러셔를
팡팡 칠하고, 속눈썹은 인형처럼 마스카라로 세웠더라.
나긋나긋하면서도 똑 부러지는 목소리로 주변 풍경을
설명해주는데, 나는 못 알아들으니까 점점 졸리는 거 있지.
내 옆자리에 앉은, 일본어에 능통한 우리 언니도 중간중간
졸더라.

해안가를 왼쪽에 끼고 버스가 달리던 때였는데, 가이드가
바다를 손짓으로 가리키면서 뭐라고 말하는 거야. 언니가
통역해주었어.

"이 해안가 앞바다는 항상 돌고래를 볼 수 있는 곳으로
유명합니다. 오목한 해안 지형 안에 바다가 마치 섬처럼
갇혀 있기 때문입니다."

'너무 낭만적이다. 너에게 꼭 알려줘야지' 생각하면서
메모를 하는데 다시 그 가이드의 나긋나긋한 목소리가
들렸어. 언니는 다시 이렇게 통역해줬어.

"그래서 이곳에서 돌고래를 포획하곤 했답니다."
나는 충격에 빠졌어.

가이드의 설명 중 인상적이었던 게 몇 가지 더 있어.
오키나와는 2차 세계대전 이후에 난민 수용소가 있었던
곳이기도 하대. 그리고 마치 우리나라 제주도(탐라국)처럼
본토의 역사와는 다른, '류큐 왕국'으로서의 역사를 따로
가진 곳이래. 그래서 이곳에서만 쓰는 류큐어를 보존하려고
전에는 류큐어만 쓰는 방송국도 있었대. 하지만 젊은
사람들이 거의 다 도시로 빠져나가면서 그 언어의 명맥이
끊기고 있대. 오키나와 사람들은 일반적인 일본 사람들이랑
얼굴도 조금 달라. 남방계 얼굴이라 눈이 큰 것이 오히려
일본인보다 동남아인이나 우리나라 사람과 더 닮은
얼굴이라고나 할까. 그래서 거리에서 그들의 땡글땡글한

눈을 마주칠 때면 신기한 기분도 들었어.

그리고 또 신기했던 설명이 있었어. 거리에 엄청 작은
집들이 군집해 있는 곳이 가끔 보였는데, 그게 무덤이래.
오키나와에서는 사람이 죽으면 돌로 만든 작은 집을
무덤으로 만들어준대. 크기는 제각각이지만 지붕도 있고
들어가는 문도 있는 모양새가 꼭 개집 같아. 돌로 지은 집
모양의 무덤, 그런 무덤 군집이 마을 안의 또 다른 마을처럼
보여. 화산재에 굳어버린 고대 도시 폼페이 같기도 하고.
언덕에서 바닷가 쪽을 향해 있는 그 돌집 무덤들을
지나치는데 기분이 묘했어. 지진이 나면 그 돌집 무덤 중 큰
곳들은 피난처로 쓰이기도 한대.

그런 무덤들을 보다가 언니가 얼마 전에 문화기술지에서
읽은 또 다른 무덤에 대한 이야기를 해줬어. 언니가 그걸 '또
다른 무덤'이라고 표현한 건 아니지만 나는 그렇게
느껴지더라고. 중국의 한 마을에 도시에 가서 부자가 된
사람들이 남겨둔 빈집이 가득한 거리가 있대. '나는

성공해서 이렇게 호화로운 큰 집을 짓고 떠난다'라는 의미로
남겨둔 집이래. 그 마을 사람들은 그 서구식 벽돌집들을
보면서 '성공'을 상상한대. 그래서 그 마을 사람들은
이를테면 미국 같은 엄청 큰 나라의 엄청 큰 도시에 가면 다
그런 집들만 즐비할 거라고 생각한대. 그렇지 않다고,
미국에는 다르게 생긴 집들도 많다고 하는 사람들에겐, 미국
집이 뭔지도 모르는 양반이 별소릴 다 한다고 면박을 준대.
텅 비어 있는 '미국 집'을 남겨놓은 중국 갑부나, 그 집을
보면서 '미국 집'을 상상하는 사람들을 떠올리니 네 편지가
생각났어. 장강명의 『표백』을 읽고 너무 무서웠다고 했지?
사실 위대한 순간을 포장해서 파는 사람들 아무도 그게 뭔지
모를 거야.

수족관을 나와서 한참 비 맞고 돌아다닌 후 다시 버스에
타니까 잠이 쏟아지더라. 일정으로 잡혀 있는 다음 장소까지
또 버스로 가야 한다는 것이 지겹다는 심정이기도 했고.
그때 언니가 차창 밖을 가리키면서 말했어.
"야, 저기가 태평양이야, 저게 태평양이라고."

나는 '오, 저게 태평양이군' 속으로 말하면서도 별 감흥이

없었어. 태평양의 클 태 자에 집중해봐도 사실 심드렁할

뿐이었어.

버스가 다음 휴게소에서 멈췄을 때, 언니랑 편의점에 가서

딸기 초콜릿을 사 왔어. 그게 뭔지 알아? 딸기 초콜릿이랑

그냥 초콜릿이 반반 섞여 있는 우산 모양의 초콜릿이야.

먹어보니 너무 맛있는 거야! 그때 생각했어. 태평양이

눈앞에 있어도 딸기 초콜릿이 최고라고. 내가 너에게, 딸기

초콜릿 같은 존재였으면 해.

나는 네 순간들을 함께할 수 있어서 정말 기뻐.

내 순간들을 너에게 이야기할 수 있어서 너무 기뻐.

가족들 다들 이미 침대에 누웠어. 내일 7시에 일어나서 아침

먹고 류큐성 산책을 가. 나는 산책 후에 혼자 지하철 타고

공항으로 갈 거야.

좋은 밤. 곧 봐.

KI신서 7340
조소담 산문집
당신이라는 보통명사

1판 1쇄 발행 2018년 3월 27일

지은이 조소담
펴낸이 김영곤 **펴낸곳** (주)북이십일 21세기북스

정보개발2팀장 김수현 **책임편집** 김다영 **교정교열** 고나리
일러스트 곽명주 **디자인** 정은경디자인
정보개발본부장 정지은
출판영업팀 이경희 권오권
출판마케팅팀 김홍선 최성환 배상현 신혜진 김선영 나은경
홍보기획팀 이혜연 최수아 김미임 박혜림 문소라 전효은 염진아 김선아
제휴팀장 류승은 **제작팀장** 이영민

출판등록 2000년 5월 6일 제406-2003-061호
주소 (우 10881) 경기도 파주시 회동길 201(문발동)
대표전화 031-955-2100 **팩스** 031-955-2151 **이메일** book21@book21.co.kr

(주)북이십일 경계를 허무는 콘텐츠 리더

21세기북스 채널에서 도서 정보와 다양한 영상자료, 이벤트를 만나세요!
페이스북 facebook.com/21cbooks **블로그** b.book21.com
인스타그램 instagram.com/21cbooks **홈페이지** www.book21.com
장강명, 요조가 진행하는 팟캐스트 말랑한 책 수다 〈책, 이게 뭐라고〉

ⓒ 조소담, 2018

ISBN 978-89-509-7387-2 03810